KB114437

십자성-전왕의 검 7

허담 新무협 판타지 소설

초판 1쇄 찍은 날 § 2016년 4월 14일
초판 1쇄 펴낸 날 § 2016년 4월 21일

지은이 § 허담
펴낸이 § 서경석

편집책임 § 박가연
편집 § 조현우
디자인 § 신현아

펴낸곳 § 도서출판 청어람
등록번호 § 제387-1999-000006호
등록일자 § 1999. 5. 31
어람번호 § 제2-2656호

주소 § 경기도 부천시 원미구 부일로 483번길 40 서경B/D 3F (우) 14640
전화 § 032-656-4452 팩스 § 032-656-4453
http://www.chungeoram.com
E-mail § chungeorambook@daum.net

© 허담, 2015

ISBN 979-11-04-90749-4 04810
ISBN 979-11-04-90503-2 (세트)

7

월문 출(出)

十字星
십자성
전왕의 검

허담 新무협 판타지 소설
FANTASTIC ORIENTAL HEROES

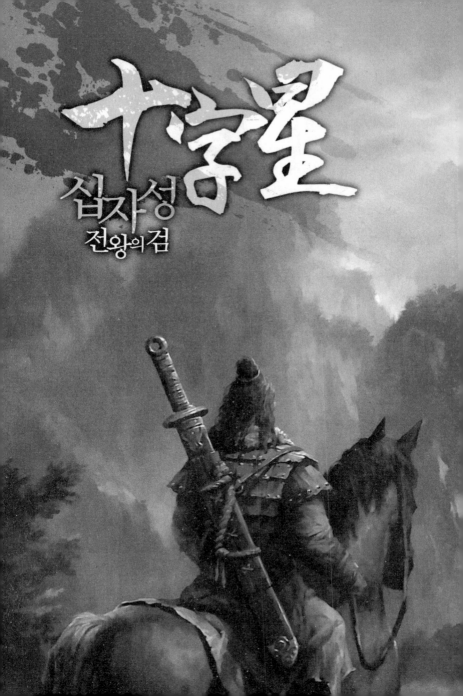

十字星

십자성
전왕의 검

제1장
배신

―아버지의 죄를 아들이 감당하는 것은 옳다. 형제의 죄를 형제가 감당하는 것도 옳다 할 수 있다.

　그러나 이름조차 알 수 없는 먼 혈족 누군가의 죄를 같은 피를 지녔다 해서 책임져야 한다는 것은 어불성설이다.

　그럼에도 우린 목숨으로 책임졌다.

　그러나 검은 사자들의 죄업을 우리 신혈 일족이 감당하는 것은 지난 삼십여 년으로 충분치 않은가.

　이제 신혈의 피를 자유롭게 하려 한다.

　당신들이 동의하면 오랜 신혈의 역사가 말해주듯 우리 일족은 세상의 어둠 속에서 몸을 낮추고 살아갈 것이다.

　그러나 여전히 우리에게 짊어져야 할 죄가 있다고 강요한다면 지금 이 순간부터 우리는 그 책임을 거부하겠다. 그리고 싸울 것이다. 신혈의 피 한 방울조차 세상에 남지 않을지라도!

그리고 그 시작은 그대들의 죽음부터일 것이다.

기한은 칠 일이라 했다.

육가의 가주들은 분노했다. 감히 육가를 협박한 더러운 이골마족에게 분노했고, 그들의 뒤에서 배신을 조장한 그 누군가에 대해 분노했다. 그러나 가장 큰 분노는 묵안노 마한에게 향했다.

감히 정천림의 배신을 숨겨온 것을 참아줄 수 없었다.

"그간 이골마족을 주살하고, 그중 일부를 살려 정천림을 만들고, 그들로 하여금 우리 북두회 육가의 무노로서 살아가게 하겠다는 계획과 약속은 모두 묵안노 그대의 제안이었소. 우린 그대를 신뢰했고, 그래서 이골마족들에 대한 처분 역시 모두 그대에게 일임했소. 하지만 한 가지 분명한 사실이 있소. 권한을 가진 자는 그에 따른 책임도 져야 한다는 것이오. 어찌 책임지겠소?"

너무도 직설적인 추궁에 노회한 묵안노 마한조차도 얼굴이 벌겋게 달아올랐다.

대역죄인을 추국하듯 사정을 두지 않고 차가운 말을 쏟아내는 자는 흑제 오릉이다.

사실 흑제 오릉은 북두회가 처음 회합을 갖고 이골마족에 대한 추살을 결정했을 때부터 그들 모두를 몰살해야 한다고 주장하던 사람이다.

그런 그의 반대를 무릅쓰고 이골마족 중 재주 있는 자들을 뽑아 정천림을 만든 것이 묵안노 마한. 그래서 오릉의 추궁은 결코 예상 못한 것이 아니었다.

하지만 그럼에도 불구하고 묵안노 마한은 불쾌했다.

그가 가지고 있는 비밀 중 하나는 그의 나이가 세상에 알려진 것보다 훨씬 많다는 것이다.

그는 의천노공 우서한의 사형이다. 우서한의 나이가 백 세를 넘은 지 오래. 그렇다면 마한의 나이 역시 백 세가 넘었다는 뜻이다.

반면 혹제 오릉의 나이는 팔십여 세에 미치지 못한다. 과거 검은 사자들이 무림을 휩쓸던 시기, 마한은 이미 팔십 대의 노고수였고, 오릉은 겨우 중년의 나이였다.

그러므로 비록 그가 북산맹의 수장 천룡문의 문주라 할지라도 묵안노 마한의 눈에는 애송이로 보일 뿐이다.

그런데 그런 자에게 멸시에 가까운 취급을 받고 있으니 마한의 심기가 불편할 수밖에 없었다.

"유구무언이오."

마한이 냉랭하게 대답했다. 그러고는 입을 닫아버렸다.

"그게 다요?"

오릉이 재차 추궁했다.

"그럼 뭘 원하시오? 이 늙은이 목이라도 내놓으리까?"

묵안노가 자신의 불쾌한 감정을 숨기지 않고 드러냈다.

"일을 이 지경으로 만든 사람이 어찌 그런 무책임한 말을 할 수 있단 말이오?"

오릉이 눈을 부릅뜨며 소리쳤다.

"그래서 할 말이 없다는 것 아니오? 죄인이 무슨 말을 하겠소. 그들의 요구를 들어주든 말든 그건 여러분이 알아서 하시오."

"이런 후안무치한……!"

오릉이 당장 도검이라도 뽑을 기세로 마한을 노려봤다.

순간 마한이 손을 말아 쥐었다. 그러자 그의 손에 들려 있던 정천림의 서한이 한순간에 불꽃으로 변해 사라졌다.

생각지도 못한 놀라운 공력이었다. 북두회의 수장들도 묵안노 마한이 평소 뛰어난 지혜로 자신들에게 조언을 해오긴 했지만, 그가 무시할 수 없는 고수라는 것을 모르지 않았다. 더군다나 이번에 염화마군 철특을 상대로 보인 마한의 무공은 놀라울 정도였다.

하지만 그 모든 것도 지금 마한이 보인 신기, 진기로 서한을 불태워 버리는 능력을 짐작케 하지는 못했다. 마한은 그들의 예상을 뛰어넘는 고수였던 것이다.

공력으로 바위를 부수고, 아름드리나무를 꺾어 넘길 수는 있다. 또한 이삼 장 높이로 솟구치거나 바람과 같이 빠르게 달릴 수도 있다.

그러나 진기를 손에 모아 유형의 불꽃을 만들어내는 일은 그 모든 것보다 어려운 일이다.

전설의 삼매의 경지에 이르러서야 가능한 일일까. 이곳에 있는 북두회의 수장들 역시 공력으로 자신의 손안에 불꽃을 만들 수 있는 사람은 존재하지 않았다.

"후안무치? 내 평생 들어본 말 중 가장 모욕적인 말이군."

정천림의 서찰을 진기로 태워 버린 마한이 나직하게 중얼거렸다. 그러나 우울한 듯 보이는 그의 표정에서 분노는 찾을 수 없었다.

"흑제, 말이 지나치셨소."

소림의 월명이 흑제 오릉을 가볍게 나무랐다. 그러자 흑제 오릉이 조금은 누그러진 표정으로 대꾸했다.

"묵안노께서 자신이 하신 일에 너무 무심한 듯 말씀하셔서 그런 것 아니오."

"그렇다 한들 묵안노께서 그간 본 회를 위해 수십 년 노심초사하신 일이 있는데 어찌 그런 말을 하실 수 있소. 노사, 심기가 불편하셨다면 마음 푸시구려. 내가 대신 사과하리다."

월명이 묵안노 마한에게 위로하듯 말했다.

그러자 묵안노가 고개를 저었다.

"아니외다. 이골마족을 키워내 북두회의 동량으로 만들자고 제안한 사람도 내가 맞고, 그들을 제대로 통제하지 못해 오늘의 사태를 만든 것도 내 책임이오. 변명하자면 나 역시 그들이 배신했을 거란 생각은 하지 못했소. 단지 소통에 문제가 생겨 연락이 끊겼다고만 생각했던 거요. 그래서 여러분께 그들의 행적이 묘연한 것을 알리지 않았던 것이오. 그 일은 사과하겠소.

그러나……!"

묵안노 마한의 시선이 흑제 오릉에게로 향했다. 그의 눈에서 화살처럼 날카로운 안광이 흘러나와 흑제의 눈을 관통했다.

그러나 흑제 오릉 역시 대북산맹을 이끄는 천룡문의 문주이다. 그의 정력 역시 강호에서 적수를 찾아보기 어려운 만큼, 마한의 안광 정도는 능히 버텨낼 능력이 있었다.

"내게 하실 말씀이 있으시오?"

이번에는 흑제 오릉이 마한의 시선에 불쾌함을 느끼며 물었다.

"흑제께서 내게 후안무치하다 하셨는데……."

"지금 이 상황을 나 몰라라 하시니 한 말 아니오?"

"후안무치… 그 말을 들으니 갑자기 과거의 일이 생각나는구려. 그 옛날 전마별호에서 전마가 단신으로 정사양도의 고수 삼백을 유린하던 때 말이오. 당시… 우리 월문은 그를 죽여 천하를 안정시켰고, 육가의 명예를 구했소. 이후에도 줄곧 월문은 북두회를 위해 헌신했소. 그 어떤 이득도 없이 말이오. 전마가 죽어서, 북두회가 굳건해져서 이득을 본 것은 오직 그대들 육가뿐이오. 그런데 후안무치라… 설마 흑제께선 우리 월문이 육가가 마음대로 부리고 벌줘도 되는 육가의 무노라고 생각하는 거요?"

"그것은……."

흑제 오릉이 차마 마한의 질문에 대답하지 못했다.

마한의 말은 단 하나도 틀린 것이 없었다. 북두회 육가가 전마에게 철저하게 유린당하고도 오늘 날 무림의 태산북두로 군림하고 있는 이유는 오직 하나, 월문의 법황 의천노공 우서한이 전마를 죽였기 때문이다.

더불어 전마 이후의 무림을 북두회 중심으로 이끌어온 것 역시 월문의 문도인 묵안노 마한 덕분이라고 할 수 있었다.

그러니 이골마족이 배신했다고 마한에게 모욕적인 추궁을 하기에는 육가가 월문에게 입은 은혜가 너무나 컸다.

"어쨌거나 좋소. 이 일로 내가 육가의 신뢰를 잃은 것 같으니 그럼 난 이제 북두회의 일에서 손을 떼겠소. 앞으로의 일은 여러분이 잘 생각해서 결정하시구려. 명화산에 돌아가서는 내 거취에 대해 고민해 보겠소. 그럼……."

마한이 자리를 박차고 일어났다. 그러고는 미처 말릴 사이도 없이 북두회 육가의 수장들이 모여 있는 막사를 떠났다.

"허어! 이것 참……."

마한이 막사를 떠나자 오릉이 겸연쩍은 표정으로 다른 사람들의 눈치를 보며 혀를 찼다.

"너무 심하셨소."

평소 말수가 극도로 적은 자하산장의 장주 몽중도가 오릉을 타박했다.

"아니, 그렇다 한들 저런 태도는……. 허어! 정말 월문이 대단하긴 대단하구나!"

오릉이 불쾌한 표정을 지으며 중얼거렸다. 당황한 기색이 역력했다.

"간 사람은 간 사람이고, 이 일을 어찌 처리해야 할지 결정해야지 않겠소?"

당문의 가주인 당호가 냉정하게 말했다.

그는 평소에도 마한에 대한 불만이 적지 않은 사람이어서 오히려 그가 이 자리를 떠난 것이 다행이라고 생각하는 듯 보였다.

"정천림에 속한 이골마족의 숫자가 서른 안팎이오. 이따위 협박은 신경 쓸 일이 아니잖소?"

남궁세가의 가주 남궁천이 불쾌한 표정으로 말했다.

"하지만 그들에게 조력자가 있다지 않소? 묵안노는 그 조력자들이 천무맹이라고 생각하는 것 같았고 말이오."

소림의 월명이 심각한 표정으로 말했다.

"천무맹이라… 그자들에겐 좋은 기회긴 하오. 그러나 난 천무맹이 이 일의 배후에 있다는 생각에는 의문이 드오."

당호가 말했다.

"왜 그렇게 생각하시오?"

월명이 되물었다.

"인정하긴 싫지만 천무맹은 이미 강호의 큰 세력이오. 지왕종문이 멸문한 이후에는 오직 그들만이 본 회의 적수가 될 수 있을 정도요. 그런 자들이 움직였는데 우리 눈을 피할 수 있었겠소?"

"음, 그러고 보니 강호에 나가 있는 회의 무사들로부터 천무맹 고수들이 움직였다는 소식은 하나도 없었구려."

월명이 고개를 끄떡였다.

북두회는 현재 천하를 움직이는 자들이다. 그런 자들에게 가장 중요한 것은 강호무림에서 일어나는 모든 일을 눈과 귀에 담는 것이다.

그래서 그들은 천하 곳곳에 세작을 파견하고 그들로부터 무림의 움직임을 보고받고 있었다.

그러므로 천무맹이 움직였다면 반드시 그 소식이 북두회 수장들에게 전해졌을 것이다. 그런데 그들은 천무맹과 관련된 어떤 보고도 듣지 못한 상태였다.

"둘 중 하나구려. 묵안노의 예상과 달리 놈들의 뒤에 있는 자들이 천무맹이 아니거나, 혹은 천무맹이라 하더라도 우리 쪽 사람들의 눈에 띄지 않을 정도로 적은 숫자가 움직였거나 말이오."

자하산장의 장주 몽중도가 침착하게 말했다.

"한번 두드려 볼 필요는 있겠구려. 어느 쪽이든 상대하기 어려운 일은 아니오."

흑제 오릉이 말했다.

적은 수의 천무맹 고수라면 충분히 감당할 자신이 있었고, 천무맹이 아니라면 더더욱 걱정할 것 없다고 생각하는 듯했다.

"그렇구려. 일단 명화산과 각 파에 전서구를 보내 원군을 보내라고 합시다. 그리고 천천히 움직이면서 놈들의 반응을 봅시다."

소림의 월명이 말했다.

"그게 좋겠소이다. 그런데… 각 파에서 사람을 빼내는 것이 조금 걱정이 되오. 염화마군 철륵이 어떻게 움직일지 모르니……"

남궁천이 월명의 말에 동의하면서도 걱정스러운 표정을 지었다.

"듣고 보니 그렇구려. 이것 참 곤란한 일이군."

흑제 오룡이 남궁천의 말에 동조하며 고개를 저었다. 그러자 천산노조 현위가 단호하게 말했다.

"그의 행동을 제약하면 되오."

"어떻게 말이오?"

남궁천이 의아한 표정으로 물었다.

"천하에 그에 대한 추살령을 내리면 되지 않겠소? 비록 육가를 제외한 다른 문파들이 이번 원정에 동참하지는 않았지만 염화마군 철륵을 추살하는 일에는 그들을 동원해도 되지 않겠소? 그렇다 한들 지왕종문을 멸문시킨 공은 여전히 우리 육가에 있을 것이니 말이오."

"아하! 좋은 계책이오. 설혹 그를 잡지 못한다 해도 그 역시 함부로 모습을 드러내지 못할 거요. 좋은 계책이오."

남궁천이 탄복한 듯 무릎을 쳤다.

적풍은 정천사자들과 함께 숲에 있었다. 쿠샨을 비롯해 신곡에서 그를 따라 나온 신혈족 삼 인도 합류했다.

그들은 산 중턱에서 북두회 원정대의 숙영지를 바라보고 있었다. 한동안 부산하던 숙영지는 어느 순간부터 잠잠해졌다.

그런데 조용해진 숙영지에서 몇 마리의 전서구가 떠올랐다. 전서구들은 허공에 날아오른 후 숙영지를 몇 차례에 선회하더니 산을 타고 좀 더 높은 곳으로 오르기 시작했다.

그런데 그 순간 갑자기 적풍 등이 모여 있는 산허리 위쪽에서 세 마리의 매가 나타났다.

발목에 가는 줄이 달린 매들은 하늘로 높이 솟구치는가 싶더니 순식간에 방향을 틀어 땅으로 내리꽂히기 시작했다.

퍼득!

화살처럼 내리꽂힌 매들의 날카로운 발톱이 전서구들을 움켜쥐었다. 전서구들이 살아남기 위해 날개를 퍼덕거렸으나 맹금의 힘을 이겨낼 전서구는 존재하지 않았다.

그렇게 단번에 세 마리 전서구가 매에게 사냥당하자 함께 날아오른 다른 전서구들이 당황한 듯 사방으로 흩어졌다.

그 순간 벼락처럼 네 대의 화살이 날아와 중심을 잃고 어지럽게 움직이는 전서구들을 꿰뚫었다.

퍼퍼퍽!

화살에 꿰뚫린 전서구들이 이내 힘을 잃고 숲으로 떨어졌다.

적풍 주위에 있던 정천사자 몇이 떨어지는 전서구를 향해 어둠을 뚫고 달려갔다.

"일단 눈에 보이는 전서구는 모두 막은 것 같습니다."

쿠샨이 적풍에게 말했다.

"솜씨가 좋구려."

적풍이 타파를 보며 말했다. 그러자 타파가 빙그레 미소를 지으며 대답했다.

"이게 모두 묵안노 덕분이지요. 그는 우리가 가진 재주를 극대화할 수 있는 무공을 수련시켰으니까요. 매를 다루고 화살을 쏘는 재주 역시 그가 특별히 원한 것입니다."

"나중에 그에게 특별히 고맙다는 말을 해야겠구려."

적풍이 만족한 표정으로 대답하는데 어느새 전서구들을 회수하러 간 정천사자들이 돌아왔다. 그들은 손에는 각기 한 마리씩의 전서구가 들려 있었다.

"이것들은 어쩔까요?"

소두괴가 전서구의 사체를 모아 들며 물었다.

"선물로 전해줘야지 않겠소?"

적풍이 대답했다. 그러자 소두괴가 장난스러운 표정으로 대답했다.

"하긴 정말 좋은 선물이 되겠군요. 자신들의 처지를 제대로 알게 될 테니."

소두괴의 말에 근처의 정천사자들이 나직한 웃음을 터뜨렸다.

그 웃음이 잦아들기를 기다렸다가 적풍이 입을 열었다.

"이곳에서의 일은 끝났소. 다음 장소로 갑시다."

"알겠습니다, 성주!"

적풍의 말에 타파가 생기가 넘쳐흐르는 목소리로 대답했다.

　　　　　*　　　　　　*　　　　　　*

　북두회 고수들의 아침은 우울했다. 단지 하늘을 가득 채운 먹구름 때문만은 아니었다.

　지왕종문을 멸문시킨 호기로움은, 그들의 앞길을 배신자들과 그들을 후원하는 자들이 막고 있다는 소식이 전해지는 순간 두려움으로 바뀌었다.

　먹는 듯 마는 듯 아침 요기를 한 북두회 고수들은 침묵 속에서 숙영지를 걷고 말에 올라 길을 떠났다.

　중간중간 행보를 재촉하는 몇몇 우두머리의 날 선 목소리만 들릴 뿐 누구도 입을 열지 않는 행렬이었다.

　그런데 그렇게 우울한 행보를 시작한 북두회 고수들 앞에 좀 더 가슴 서늘한 일이 벌어졌다.

　"이런 젠장!"

　욕설을 내뱉은 건 본대에 앞서 길을 살피고 있던 천산마문의 사방마신 중 한 명인 동마신 염사인이었다.

　마도무림에서 염사인은 항상 서열 오십 위 안에 들어가는 고수다. 그런데 그조차도 눈앞에 가지런히 놓여 있는 전서구들을 보고서는 당황하지 않을 수 없었다.

　"가져와라!"

　염사인이 수하를 보고 명하자 그를 따라온 마인 중 한 명이 일곱 마리의 전서구를 들고 왔다.

"맞느냐?"

염사인이 물었다.

"다른 것은 모르겠고, 이건 본 문의 전서구가 맞습니다."

수하가 죽은 여섯 마리 전서구 중 하나를 들어 보이며 말했다.

"전서는?"

"모두 사라졌습니다. 아니… 여기 하나는 남아 있습니다."

"가져와라."

염사인이 손을 내밀었다. 그러자 전서구를 들고 있던 자가 얼른 비둘기 다리에 매달려 있는 전통을 열어 작게 말린 전서를 꺼내 염사인에게 건넸다.

염사인이 사내에게 받은 전서를 재빨리 펼쳤다.

"음……!"

염사인의 입에서 나직한 침음성이 흘렀다.

"왜 그러십니까?"

전서를 건넨 사내가 어두운 표정으로 물었다.

"모두 이곳에서 대기한다. 십 장 밖으로 나가지 말라. 내가 돌아올 때까지 기다려라!"

염사인이 명을 내리고는 급히 말머리를 돌려 뒤쪽으로 내달리기 시작했다.

"대체 무슨 일이지?"

천산마문의 마인 중 하나가 두려운 표정으로 중얼거렸다.

"곧 알게 되겠지. 모두 경계를 늦추지 말게. 언제 어느 때 놈들의 공격이 있을지 모르니."

"알겠네."

천산마문의 마인들은 각자 병장기를 꺼내 들고 사주를 경계하기 시작했다.

"이놈들이!"

천산노조 현위의 손이 부르르 떨렸다.

오늘의 척후를 맡은 천산마문의 동마신 염사인은 가장 먼저 천산노조 현위에게 죽은 비둘기에게서 발견된 전서를 건넸다.

전서 안에 쓰여 있는 글은 현위를 화나게 만들기에 충분했다.

─오늘은 비둘기가 죽었지만 내일은 사람이 죽게 될 것이다.

다른 말 없이 적혀 있는 한 줄의 경고는 오만하기까지 했다.

"무엇이오?"

현위의 분노에 의아해하며 오릉이 물었다. 그러자 현위가 말 없이 오릉에게 전서를 건넸다.

전서를 살피던 흑제 오릉의 표정이 굳어졌다.

"전서구가 모두 저들의 손에 들어간 것인가?"

오릉이 중얼거렸다. 그러자 전서를 가져온 염사인이 대답했다.

"그런 듯합니다. 길가에 던져진 전서구가 모두 일곱, 지난밤에 보낸 숫자와 같습니다."

"이자들이 대체 무슨 수로……."

오릉이 믿을 수 없다는 듯 중얼거렸다.

"그중 몇은 화살에, 다른 몇몇은 날카로운 흉기에 서너 곳이 찔린 모습으로 죽어 있었습니다."

"흉기?"

"그렇습니다. 정체는 잘 모르겠지만……."

"음……."

오릉이 침음성을 발했다. 그러자 침묵을 지키고 있던 자하산장의 장주 몽중도가 말했다.

"정천림의 그 괴물 중에 매를 부리는 자와 궁술에 특별한 재주를 지닌 자가 있다고 들었소이다. 기억들 못 하시오? 두어 해 전인가, 혈궁주의 요구로 묵안노가 길러내는 이골마족의 숫자와 그 재주들을 간단히 설명한 적이 있지 않소?"

"그러고 보니 그런 것 같구려. 하아, 당시에는 잔재주라 생각해 관심을 두지 않았는데 이렇게 발목을 잡는구려."

당문의 문주 당호가 혀를 찼다.

"이제 어쩌면 좋겠소?"

손에 전서를 든 오릉이 육가의 가주들을 돌아보며 물었다. 그러자 소림의 월명이 말했다.

"어차피 가야 할 길, 전서구가 죽었다고 가지 않을 수 없소. 조심해서 계속 길을 갑시다. 그리고… 놈들의 재주를 봅시다."

"저들과 일전을 벌이자는 것이오?"

천산노조 현위가 놀란 표정으로 물었다. 평소의 월명은 그 행보가 육가의 수장 중 가장 진중한 사람이었다. 그런 그가 먼저 적과 싸우자고 말할 줄은 몰랐던 것이다.

"저들이 먼저 공격해 오기 전에야 그럴 필요는 없지요."

"하면 저들의 재주를 본다는 건⋯⋯?"

"다시 전서구를 날려봅시다. 밝은 대낮에도 놈들이 전서구를 막아낼 수 있을지. 혹 그리된다면 놈들의 위치를 파악할 수도 있을 것이오."

"듣고 보니 옳은 말씀이오. 각 파에서 빠른 자들을 준비해 두었다가 화살을 쏘거나 매를 날리는 위치를 파악해 공격하기로 합시다."

천산노조 현위가 무릎을 치며 월명의 계책에 탄복했다.

육가의 고수 이십여 명이 은밀히 한곳에 모였다. 죽은 전서구의 사체를 발견한 후 걸음이 멈춘 육가 고수들은 나무 그늘 속으로 들어가 몸을 숨기고 있었다.

그리고 어느 순간 육가 고수들이 머물던 숲 위로 전서구 일곱 마리가 지난밤처럼 날아올랐다.

전서구들은 평소처럼 자신들을 날린 주인들의 머리 위를 크게 선회하더니 동남쪽 높은 산을 향해 날아가기 시작했다.

그런데 전서구들이 땅에서 이삼십 장 높이로 솟구쳤을 때 갑자기 동북쪽 산비탈에서 몇 개의 빛이 번쩍였다.

쐐애액!

연이어 날카로운 파공음이 들리더니 한순간에 허공을 날아온 빛줄기가 네 마리의 전서구를 관통했다.

화살에 맞은 전서구들이 날개를 퍼덕이며 땅으로 추락했다. 그러자 살아남은 전서구들이 당황한 듯 우왕좌왕하다가 좀 더 높은 곳, 화살이 닿지 않는 곳으로 가려는 듯 하늘로 솟구치기 시작했다.

그러나 그런 전서구들의 움직임이 오히려 죽음을 재촉했다. 갑자기 허공에 검은 점 세 개가 나타나더니 하늘로 날아오르려는 전서구들을 향해 무서운 속도로 떨어져 내렸다.

구우!

당황한 듯한 전서구들의 울음소리가 연이어 흘러나왔다. 직후 세 마리의 매가 번개처럼 전서구들을 낚아챘다.

순식간에 전서구를 사냥한 매들은 전서구들을 잡은 채로 동북쪽 산을 향해 움직였다.

스스슥!

매를 따라 사람들이 움직였다. 가장 앞에 선 자가 다섯, 그들은 매와 거의 같은 속도로 움직였다.

그 뒤를 따라 다시 이십여 명이 일정한 거리를 두고 따랐다. 낙엽과 바위가 가득한 산비탈도 그들에게는 방해가 되지 않았다.

낙엽 위를 땅 위처럼 달렸고, 바위를 길가 돌멩이 넘듯 날아넘었다. 그러면서도 소리는 거의 나지 않았다.

그도 그럴 것이, 이들은 북두회 육가에서 가려 뽑은 고수들이었다.

소림방장 월명의 계책대로 전서구를 날려 정천사자들의 공격을 유도하고, 그때 나타난 궁수와 매를 따라 정천사자들을 찾아 나선 자들이었다.

하늘을 나는 맹금과 같은 속도로 움직일 수 있는 자는 강호에 흔치 않다. 그러나 북두회 육가의 절정고수 중에는 그게 가능한 자가 여럿 있었다.

추격자들은 전서구를 낚아챈 매가 산봉우리 근처에서 서서히 하강할 때까지 매들을 시야에 두고 있었다.

스릉!

북두회 추격자들은 매가 하강을 시작하는 순간 도검을 빼 들었다.

매들이 하강한다는 것은 그곳에 주인이 있다는 의미이다.

푸드득!

매들의 날갯짓 소리가 가깝게 들려왔다. 과연 눈앞에서 매들이 주인을 만나고 있었다.

"이놈들!"

가장 앞에 나서 있던 북두회 고수가 매를 팔뚝에 앉히고 매의 날카로운 발톱에 잡혀 있는 전서구를 끌러내는 정천사자 셋을 발견하고는 살기 어린 노성을 터뜨리며 그대로 그들을 향해 몸을 날렸다.

매들에게서 전서구를 회수한 정천사자들은 자신들을 향해

달려오는 북두회 고수들을 흘깃 보고는 매를 다시 날려 보낸 뒤 산봉우리를 향해 물러나기 시작했다.

그런데 정천사자들의 표정이 묘했다. 싸움을 피해 달아나는 자들의 얼굴에 전혀 긴장감이나 두려움이 없었다.

마치 예상하고 있던 일이라는 듯 그들은 여유 있게 산비탈을 타고 올랐다.

놀라운 것은 산을 타는 그들의 능력이었다.

그들은 무인의 공력으로는 설명할 수 없는 자연스러움을 지닌 움직임을 보였다.

이곳까지 매를 추격해 온 북두회 고수들은 하나같이 경공에 능한 자들이었으나, 그들은 이상하게도 정천사자들과의 간격을 좁히지 못했다.

정천사자들은 이 산과 숲을 아주 오래전부터 알아온 자들처럼 움직였다.

그러나 그렇다고 아주 거리가 벌어지는 것은 아니어서 추격을 그만둘 상황도 아니었다.

북두회 고수들은 모든 진기를 쏟아내 속도를 높였다.

이제 산 정상이 얼마 남지 않아 보였다. 북두회 고수들의 마음이 급해졌다.

산을 타는 데 비상한 재주를 가진 자들이라면 봉우리에 올라 산의 반대편으로 내려 달리면 쫓기 어려울 것이기 때문이다.

"서라, 이놈들!"

추격의 가장 선두에 서 있던 천산마문의 동마신 염사인이 호통을 치며 크게 허공으로 솟구쳤다.

그러자 그의 신형이 단번에 정천사자들과의 거리를 좁혔다.

그런데 그때였다.

쐐액!

허공으로 떠오른 염사인을 향해 한 대의 강전이 파고들었다.

산봉우리 바로 밑에 서 있는 나무에서 쏘아 올린 화살은 마문의 고수 염사인조차 섬뜩한 위협을 느낄 만큼 날카로웠다.

팟!

염사인이 허공에서 재빨리 몸을 틀며 검을 휘둘렀다.

차앙!

날카로운 마찰음이 일어났다. 염사인의 옆구리 옷자락이 강전에 찢겨 나갔다. 그나마 다행인 것은 그의 몸에 화살이 꽂히지 않았다는 것이다.

그럼에도 염사인은 더 이상 전진할 수 없었다. 찢겨진 옷 속에서 붉은 피가 묻어났다. 화살이 몸에 꽂힌 것은 아니지만 살갗을 가르며 지나갔기 때문이다.

"괜찮소?"

염사인이 내려선 곳에 도착한 북두회 고수들이 염사인 주변으로 모여들었다.

"괜찮소. 그런데……."

염사인이 피가 흐르는 옆구리를 손으로 훔치면서 시선을 봉우리 쪽으로 향했다.

북두회 고수들이 염사인의 시선을 따라 눈길을 돌리다가 흠칫한 표정을 지었다.

"저건······."

누군가의 입에서 두려움이 깃든 소리가 흘러나왔다.

그들의 시선이 닿은 봉우리와 그 옆으로 이어진 능선 위로 거뭇한 그림자들이 나무가 자란 듯 길게 늘어서 있었다.

개중 몇몇은 검은 깃발을 등 뒤에 꽂고 있었는데, 작은 깃발들이 능선을 따라 수시로 움직이고 있었다.

"아무래도··· 돌아가야 할 것 같소."

염사인이 말했다.

자신이 부상을 입었기 때문이 아니었다. 깃발의 사이사이에 보이는 사람 그림자, 그리고 그들 사이로 움직이는 깃발의 숫자를 보건대 봉우리 위 능선에 늘어선 자들의 숫자가 족히 일백은 되어 보였기 때문이다.

"아무래도 그래야 할 것 같구려."

평소라면 이 자존심 강한 북두회의 고수들이 적을 앞에 두고 뒤로 물러나는 것에 순순히 동의할 리 없었다.

그러나 오늘만큼은 달랐다. 그들 역시 염사인을 단 한 대의 화살로 부상 입히는 적의 능력에 부담감을 느끼고 있었다.

더군다나 적의 숫자가 자신들보다 갑절은 많아 보였다. 그 숫자에 이미 전의가 꺾인 북두회 고수들이었다.

"어르신들이 노하지 않으실까요?"

분위기가 돌아가자는 쪽으로 흐르자 뒤에서 누군가가 물었다.

"이 상황이면 어르신들도 이해하실 거요. 아니, 외려 무모하게 공격하지 않은 것을 칭찬하실 거요. 사실… 우린 지금 한 사람이라도 아껴야 하는 상황이오. 더 이상의 피해는 감당하기 어렵소. 원군을 청하는 전서구가 계속 실패하는 이상은……."

염사인이 대답했다.

"갑시다."

염사인의 의견에 동조한 중년 고수가 미련 없이 걸음을 돌렸다. 그러자 염사인 등 다른 북두회 고수들도 빠르게 산비탈을 타고 그들이 온 곳으로 되돌아가기 시작했다.

"저런 겁쟁이 같은 놈들!"

신곡에서부터 적풍을 따라온 신혈족 고수 역가가 물러가는 북두회 고수들을 보며 혀를 찼다.

"그리 볼 일이 아니네. 역시 북두회야."

그와 함께 신곡에서 나온 감문이 고개를 저으며 말했다.

"왜 그렇게 생각하십니까, 이 형님?"

지왕종문에서 적풍에게 구출된 신혈족 다섯은 뇌옥에서부터 의형제를 맺고 있었다. 그중 감문이 둘째, 역가가 셋째다.

"호승심에 무모하게 공격하는 것이 더 미련한 짓이지."

"하지만 놈들은 서른 가까이 되지 않습니까? 반면 우린 겨우 이십여 명인데……."

그러고 보니 적풍을 위시해 산봉우리 위에는 겨우 이십여 명만이 있었다.

"놈들이 그걸 아나? 저들은 적어도 우리가 백여 명은 넘을 거라 생각했을 거네."

"정말 그리 보았을까요?"

"그렇지 않다면 돌아갈 이유가 없지."

"그렇다면 정말 쿠샨 어른의 계책이 먹혔다는 거군요."

"그런 것 같네. 깃발과 사람 모양의 허수아비로 놈들을 돌려보내다니 알아갈수록 대단한 분이란 생각이 드는군."

감문이 적풍 한 발 뒤에 서서 물러가는 북두회 고수들을 보고 있는 쿠샨에게 시선을 주며 말했다.

"그래서 가끔 이해가 가지 않을 때가 있습니다."

"뭐가 말인가?"

"대체 저 양반은 왜 성주님을 따르는 걸까요?"

"듣지 못했나? 성주님의 행장록을 쓰고 있다잖아?"

"에이, 그게 말이 됩니까? 그런 이유로 이런 위험한 일에 몸을 담다니요. 전 다른 이유가 있다고 봅니다."

"무슨 이유?"

"호호, 그걸 모르겠다는 거 아닙니까?"

역가가 머리를 긁적이며 말했다.

"이런 싱거운 사람을 봤나."

감문이 혀를 찼다. 그때 적풍의 곁에 있던 정천사자 타파의 목소리가 들렸다.

"이동한다."

그러자 등에 깃발을 꽂고 손에는 사람 모양으로 자른 검은 천을 들고 움직이던 정천사자들이 일제히 능선을 따라 남동쪽으로 움직이기 시작했다.

감문 등도 급히 적풍 곁으로 다가섰다. 그러자 쿠샨이 두 사람을 보며 말했다.

"내가 잠시 다녀올 곳이 있네. 그동안 성주님을 잘 모시게."

"어딜 가시려고요?"

역가가 물었다.

"마중 가네."

"마중이요? 누굴……?"

"십자성에서 사람이 와 있네."

"십자성에서요?"

역가가 놀란 표정으로 되물었다.

"그럼 북두회 수뇌들을 겨우 삼십여 명의 정천사자로 상대할 수 있을 거라 생각했나? 계책을 쓰는 것도 한도가 있어. 저들은 노련한 고수네. 오늘은 몰라도 내일은 우리가 사람을 부풀려 보였다는 것을 알아챌 수도 있다네. 그러니 사람이 필요하지."

"그렇긴 하지만 절강의 십자성에서 언제 이곳까지 사람이 왔다는 겁니까?"

"쯔쯔, 자네는 내가 그간 십자성과 천무맹에 대해 일러준 것들을 모두 잊었는가?"

쿠샨이 혀를 차며 역가를 타박했다. 그러자 역가의 뒤에 서 있던 이위령이 입을 열었다.

"용선에 대한 말씀이시군요."

"역시 자네가 좀 낫군."

쿠샨이 고개를 끄떡였다.

"아, 그러니까 천무맹 삼용선에 타고 있던 십자성의 고수들을 불렀단 말이군요? 하긴… 흑룡선도 장안 인근에 있었으니……."

역가가 그제야 이해가 간다는 듯 머리를 끄떡였다. 그러자 지금껏 침묵을 지키고 있던 적풍이 입을 열었다.

"풍신, 함께 가게."

풍신은 바람의 소리를 듣고 바람과 함께 움직인다고 해서 붙여진 이위령의 별호이다.

"저도요? 알겠습니다."

이제 이위령 등은 완전히 적풍의 심복이 되어 있었다.

그것이 적풍 본인의 능력 때문인지 아니면 사자검의 기운에 감응된 결과인지는 알 수 없으나 적풍은 지왕종문에서 데리고 나온 다섯 명의 신혈족에게 절대적인 복종심을 끌어내는 데 성공했다.

"괜찮습니다. 혼자 다녀오겠습니다. 한 명이라도 더 필요한 상황인데……."

쿠샨이 말했다.

"아니오, 이곳의 일은 그리 걱정할 필요 없소. 정 급하면 나라도 나서면 되니까."

"성주께선 가능한 모습을 드러내시지 마십시오."

"물론 그럴 것이오. 하지만 필요하면 피할 생각도 없소. 그러니 걱정 말고 풍신을 데려가시오."

"정 그러시라면 그리하겠습니다."

쿠샨은 적풍의 말에 한 번 이상 반대하는 경우가 없었다. 아마도 그것이 적풍이 그를 신뢰하는 가장 큰 이유일지도 몰랐다.

"나흘 안에는 와야 하오."

"걱정 마십시오. 빠르면 사흘 안에도 올 수 있을 겁니다."

"수고해 주시오."

적풍의 말에 쿠샨이 고개를 숙여 보이고는 이위령을 보며 말했다.

"가세."

제2장
묵언의 시위

단 백 장을 전진하는 데도 한 시진 이상의 시간이 걸렸다.

첩첩산중, 길은 외롭게 산과 산 사이로 이어져 있었다. 깊은 숲과 가파른 절벽, 그리고 격류가 흐르는 협곡이 길 중간중간에 도사리고 있어서 기습을 걱정해야 하는 자들에게는 속도를 낼 수 없는 여정이었다.

그래서 살얼음판을 걷듯 그렇게 전진한 북두회 원정대가 하루 동안 이동한 거리가 채 십 리가 되지 않았다.

적들의 행동도 조금씩 위협적이 되어갔다.

그동안은 산과 숲에 숨어서 전서를 날리는 것을 방해하거나 간혹 길 외의 곳으로 북두회 고수들이 움직이면 화살 몇 대 날리는 것으로 막아서는 것이 전부였지만, 저녁 무렵 만산(萬山)

이 석양으로 물들 때부터는 능선에 불쑥불쑥 그 모습을 드러내기 시작했다.

등 뒤에 꽂아 머리 위로 두 자 정도 올라 있는 검은 깃발을 단 자들이 수시로 산 이쪽에서 저쪽 능선으로 움직였다.

깃발들이 빠르게 움직이는 길을 따라 검은 그림자들이 모습을 드러내곤 했는데, 얼추 눈대중으로 가늠해도 수백은 됨직한 숫자였다.

그래서 북두회 고수들은 누가 명을 내리지 않아도 속도를 늦추며 사위를 경계했다.

또한 밤에 이동할 수 없는 이유기도 했다.

"멈춰라, 오늘은 이곳에서 숙영한다."

아직 밤이 오지 않았지만 지형이 좋았다. 북쪽으로는 가파른 절벽, 남쪽으로는 제법 너른 평지가 이어져서 적이 기습할 수 없는 지형이었다. 다행히 근처에 맑은 개울도 있어서 식수를 구하기에도 적당했다.

북두회 육가의 고수들이 원형을 유지하며 숙영지를 구축했다. 정사양도의 고수들이 뒤섞여 있었지만 이골마족의 위협이 이어지자 그들은 자연스레 하나로 섞여들고 있었다.

그런데 그렇게 하나가 되어가는 북두회 고수 중에서 이방인처럼 느껴지는 자들이 있었다.

그들은 원형의 진 안에 들어가 숙영지를 구축하지 않고 그로부터 이십여 장 떨어진 절벽 아래서 숙영할 준비를 했다.

묵안노 마한과 그를 따르는 호천대 후오조의 고수들이었다.

묵안노는 북두회 육가의 수장들과 언쟁을 벌인 이후 줄곧 일행의 뒤에서 따를 뿐 전면에 나서지 않았다.

하루 이동 거리가 겨우 십 리에 지나지 않는 이 상황을 타개하기 위해선 묵안노의 계책이 필요했지만 육가의 주인들 또한 그를 청할 만큼 자존심이 없지도 않았다.

"스승님, 드시지요."

작은 상을 앞에 두고 뭔가 곰곰이 생각에 잠겨 있는 묵안노에게 대제자 돈오가 말을 건넸다.

"음……."

묵안노가 고개를 끄떡여 대답했으나 그는 여전히 상념에서 벗어나지 못하는 모습이었다.

"무슨 생각을 그리 골똘히 하시는지요?"

돈오가 다시 물었다. 그러자 마한이 돈오를 보며 물었다.

"오야, 넌 이 일이 어디서부터 잘못되었다고 생각하느냐?"

마한이 진지한 표정으로 물었다.

돈오가 당황한 빛을 보였다. 지금까지 마한의 문하에 든 이후 그는 스승의 이런 질문을 받아본 적이 없었다.

그에게 마한은 언제나 묻고 답을 구하는 존재였지, 자신에게 답을 요구하는 존재가 아니었던 것이다.

"그, 그것은……."

돈오가 미처 대답하지 못하고 말꼬리를 흐렸다.

"모든 일은 내 계획대로 이뤄졌다. 그런데 일이 어그러졌어.

대체 왜……?"

마한이 지금의 상황을 인정할 수 없다는 표정으로 고개를 갸웃했다. 그러자 그새 정신을 가다듬은 돈오가 대답했다.

"결국… 문제는 그들의 마음을 얻지 못했기 때문이겠지요."

돈오의 목소리가 생각보다 침착했다.

"이골마족의 마음? 허허! 그거야 처음부터 얻을 수 없는 일이었다. 어찌 그런 자들의 마음을 얻겠느냐? 회유와 두려움, 그리고 생존에 대한 강렬한 욕구만이 내가 그들을 통제할 수 있는 유일한 방법이었다."

"그래서 문제가 된 것 아니겠습니까? 그 모든 것을 해결할 수 있는 다른 존재가 나타나는 순간 배신은 정해져 있는 수순이었을 겁니다."

돈오의 말투에 냉정함이 느껴졌다. 마치 정천사자들을 길러낸 것 자체가 처음부터 문제였다는 듯이 들렸다.

그러나 마한은 돈오의 말에 화를 내거나 노하지 않았다. 대신 그는 천천히 고개를 저으며 말했다.

"그건 이골마족이 아니라 사람이라면 누구라도 그러하다. 사람의 마음을 믿는다는 건 어리석은 일이지. 변심은… 언제든 가능하다. 그 위험을 감수하지 않는다면 대업을 도모할 수 없다. 후후후!"

갑자기 마한이 웃음을 흘렸다. 참으로 오랜만에 보는 마한의 웃음이다.

"왜 그러십니까?"

돈오가 마한의 웃음이 궁금한 듯 물었다.

"마음이 한결 가벼워졌다."

"예?"

돈오가 알 수 없는 소리를 하는 마한을 보며 되물었다.

"난 내가 무슨 잘못을 해서 오늘의 일이 생긴 거라고 생각했다. 그래서 그 원인을 찾으려고 고민했지. 하지만 아무리 생각해도 내 잘못을 알 수 없었다. 그런데 네 말을 듣고 보니 이 모든 것이 내 잘못만은 아니었다는 걸 알았다. 이건 단지 사고였을 뿐이야, 누구에게나 일어날 수 있는 사고. 사람의 마음을 어찌 통제할까. 그들이 변심한 것은 결국 예고 없이 일어나는 사고 같은 것이지. 후후후."

마한은 스스로 변명의 길이 열렸다고 생각하는 듯했다. 그러나 마한의 그 말은 돈오가 느끼기에는 궤변이었다.

하지만 그렇다고 마한의 기분을 거스르고 싶지는 않았다. 그는 이 무서운 사부의 성정을 누구보다 잘 알고 있었다.

그가 스스로를 위로할 수 있는 이유를 찾았다면 그것도 나쁘지 않았다. 궤변이라 할지라도.

"앞으로 어찌하실 생각이신지요?"

대신 돈오는 앞으로의 일을 물었다.

"그들이 날 찾을 것이다."

"육가의 수장들이 말입니까?"

"음, 그들로서는 이곳을 빠져나갈 방도가 없다는 것을 깨닫게 될 테니까. 나는 그들에게 지푸라기 같은 존재인 거지. 물속에 빠졌으니 그나마 의지해 볼 수 있는."

"스승님께는 방도가 있으십니까?"

"글쎄……."

마한이 고개를 갸웃했다.

모호한 대답이다. 그러나 돈오는 이미 이 노련한 스승의 머 릿속에 그만의 계책이 세워지고 있다는 것을 알고 있었다. 그 리고 내심 속으로 기원했다. 제발 그 계획이 효과가 있기를.

그런데 그때였다.

갑자기 조용하던 남쪽 숲에서 묵직한 소음이 일어났다.

두두두!

"뭐지?"

"놈들인가?"

호천대의 고수들이 도검을 빼 들고 자리에서 일어났다. 그리 고 말발굽 소리가 들려오는 남쪽 숲으로 시선을 돌렸다.

적풍은 가장 앞쪽에 있었다.

그의 뒤로 좌우에 역가와 감문이 바싹 따라붙었고, 연이어 타파가 이끄는 정천사자들이 맹렬하게 말을 몰고 있었다.

두두두!

지축을 흔드는 말발굽 소리에 북두회 숙영지가 소란스러워 졌다.

"적이다!"

"기습이다! 준비해!"

북두회 고수들이 숙영지 앞쪽으로 달려 나오며 재빨리 진형을 구축했다.

　이들은 북두회 육가에서도 가려 뽑은 고수들이라 기습을 당하고도 냉정하게 적을 맞을 준비를 하고 있었다.

　적풍은 북두회 숙영지 동쪽의 실개울을 따라 말을 몰았다. 마치 숙영지의 측면을 공격하려는 듯한 모습이다.

　당연히 북두회 고수들의 시선이 일제히 동쪽 편으로 쏠렸다.

　두두두!

　말발굽 소리가 급격하게 가까워졌다. 북두회 고수들이 도검을 앞에 들고 적의 공격에 대비했다.

　그런데 그 순간 갑자기 적풍이 말머리를 돌렸다. 북두회의 숙영지 이십여 장 앞쪽에서 벌어진 일이다.

　두두두!

　적풍이 이끄는 정천사자들도 적풍의 뒤를 따라 방향을 틀었다. 그들은 북두회 육가의 숙영지와 일정한 거리를 두고 동쪽에서 서쪽으로 질주하기 시작했다.

　북두회 고수들로서는 무척 당황스러운 거리였다. 공격하기에는 너무 멀고, 그렇다고 적이 물러난다고 판단하기에는 너무 가까웠다.

　그래서 북두회 고수들은 그저 자신들 앞을 횡으로 질주해 가는 적풍과 정천사자들을 지켜보고 있을 수밖에 없었다.

　그러다 문득 그들은 한 가지 기억을 떠올렸다. 불과 얼마 되지 않은 기억이다. 정천사자들은 얼마 전 이런 식의 질주를 보여준 적이 있었다.

지왕종문의 정문을 깨뜨릴 때 그들이 쓴 수법이 바로 오늘과 같았다. 그리고 그건 어느 한순간 이들이 숙영지의 한곳을 공격할 수도 있다는 두려움을 일으켰다.

그래서 그들은 바짝 긴장한 채 자리를 지킬 뿐 감히 앞으로 나와 정천사자들의 행보를 가로막지 못했다.

그사이 적풍이 이끄는 정천사자들은 순식간에 북두회 육가의 숙영지를 지나쳤다.

그리고 그 즈음에서 그들은 검은 기운에 휩싸이기 시작했다.

마치 말발굽에 땅이 채여 먼지가 일어나듯 검은 기운이 한순간에 적풍과 그 일행을 휘감았다.

이 역시 지왕종문의 정문을 깨뜨릴 때 보여준 모습과 흡사했다. 그리고 다음 순간 그 검은 기운 속에서 강전들이 쏟아져 나왔다.

쐐애액!

밤하늘을 가득 채운 강전들이 모두 한곳을 향해 떨어졌다. 묵안노 마한과 그를 따르는 자들의 숙영지였다.

퍼퍼퍽!

수십 개의 화살이 천막을 뚫고 들어갔다.

몇몇 비명 소리가 천막 안쪽에서 터져 나왔다. 그리고 묵안노를 중심으로 호천대 후오조의 고수들이 급히 모여들어 도검을 휘둘러 날아드는 화살을 막아냈다.

그 순간 적풍이 재차 말머리를 돌렸다.

급격하게 방향을 튼 적풍과 정천사자들은 온 길을 되돌아가 듯 북두회 육가의 숙영지 쪽으로 질주했다.

그들이 화살로 묵안노 마한의 숙영지를 공격한 것을 목격한 북두회 육가 고수들이 바짝 긴장했다.

그러나 예상과 달리 더 이상의 공격은 없었다. 대신 질주하는 정천사자들의 무리 속에서 서늘한 목소리가 터져 나와 북두회 고수들의 귓속을 파고들었다.

"묵안노! 그대는 왜 육가의 피로 자신의 야망을 채우려는가! 우리 정천사자들이 그대에게 북두회와 세상 위에 군림할 힘을 줄 것이란 망상에서 깨어나라! 지금 당장 억류하고 있는 형제들을 자유롭게 하라! 그러면 신혈족은 세상의 그늘에서 조용히 살아갈 것이다! 앞으로 삼 일 남긴다! 삼 일이 지나면 피가 바다를 이룰 것이다!"

소름 끼치는 경고가 끝나자 검은 기운에 휩싸인 정천사자들이 남쪽 숲을 향해 달리기 시작했다.

그리고 채 일각이 지나기도 전에 그들은 거짓말처럼 숲으로 사라졌다. 처음부터 오지 않은 사람들처럼.

정천사자들이 광풍처럼 휩쓸고 간 북두회 숙영지에는 차가운 적막과 긴장이 흘렀다.

다시 정천사자들이 공격해 올 것에 대한 두려움 때문은 아니었다. 여전히 손에 도검을 든 북두회 고수들의 시선이 그들로부터 이십여 장 떨어진 곳에 숙영지를 구축한 묵안노 마한의 일행을 주시하고 있었다.

그런데 마한 일행을 바라보는 북두회 고수들의 눈길이 이전까지와 확연하게 달라져 있었다.

그들의 시선에는 기습당한 동료들에 대한 걱정보다 묵안노 마한의 야망에 대한 경계심이 담겨 있었다.

"이야기 좀 합시다."

수하들이 묵안노의 진영을 응시하고 있는 것을 본 흑제 오룡이 육가의 주인들을 보며 말했다.

육가의 주인들이 순순히 오룡의 말에 따라 그의 천막으로 이동했다. 그들 역시 논의할 일이 있다는 것을 인정하고 있는 것이다.

육가의 주인들이 무거운 표정으로 흑제 오룡의 천막에 모였다. 아무리 다급해도 차 한 잔 정도는 내어야 할 모임이지만 오늘은 그 여유마저 없어 보였다.

"참 씁쓸한 기분이오."

침묵을 깬 사람은 천산노조 현위였다.

"그러게 말이오. 이건 마치……."

당문의 당호가 맞장구를 치다가 입을 닫았다. 그는 자신도 모르는 사이에 그들 사이에 금기가 된 하나의 단어를 뱉어낼 뻔했다는 것을 깨달은 것이다.

그러자 소림의 월명이 입을 열었다.

"이 상황에 못 할 말이 뭐가 있겠소. 아마 모두 같은 생각이실 거요. 우리 모두 오늘 그자들을 떠올렸을 테니 말이오. 전마가 이끄는 검은 사자들 말이오."

월명의 말에 장내의 공기가 더욱 차가워졌다.

북두회가 결성된 씨앗이자 굴욕의 역사, 그러나 또한 오늘날 육가가 천하 위에 군림하게 된 이유인 검은 사자들을 육가의 주인들은 각자의 머릿속에 떠올리고 있었다.

"무림에 큰 화근이 될지도 모르겠소이다."

남궁천이 말했다.

"그래도 난 정천사자들과 검은 사자들은 조금 다르다고 생각하오."

자하산장의 장주 몽중도가 말했다.

"물론 그들이 검은 사자들과 같을 수는 없소. 검은 사자들에 비하면… 그야말로 미미한 존재들일 거요. 하지만 이상하게도 느낌이 좋지 않소."

흑제 오릉이 말했다.

"그들의 능력을 두고 하는 말이 아니라 그들의 심성을 두고 하는 말이오."

몽중도가 다시 말했다.

"심성? 무슨 말씀인지……?"

오릉이 의아한 표정으로 되물었다.

"과거 검은 사자들이었다면 무공 고하에 상관없이 오늘 우리 숙영지를 공격했을 거요. 당시를 생각해 보시오. 그들에게 타협이라는 것이 있었소?"

"하긴 그자들은 싸움을 위해 태어난 자들 같았지. 자신들의 식솔조차 돌보지 않을 정도로."

남궁천이 고개를 끄떡였다.

"그런데 오늘 그들은 단지 위협만 하고 공격하지 않았소. 검은 사자들이라면 생각할 수 없는 일이오. 승패의 두려움 따위는 없는 자들이었으니까. 더군다나 이자들은 타협을 시도하고 있소. 파국을 원치 않는다는 뜻이오. 같은 듯하지만 성정이 다른 자들이라 할 수 있소."

"그래서 장주께선 그들과 타협을 하자는 말씀이시오?"

천산노조 현위가 형형한 안광을 흘려내며 말했다.

"그럴 필요가 있다고 보오."

"하지만 그랬다가는 우리 북두회의 권위가 땅에 떨어지고 말 것이오. 지왕종문을 멸문시킨 일이 아무 소용도 없게 될 것이란 뜻이오."

"그 일은 차후의 문제요. 일단 우리가 무사히 귀환하는 것이 중요하오. 문주께서는 그들과 타협하지 않고 이곳을 벗어날 방법이 있으시오?"

몽중도가 천산노조에게 물었다. 그러자 천산노조가 은은한 마기를 흘리며 말했다.

"하지 못할 것도 없소. 우린 육가의 주인이오. 난 그들과 싸우는 것이 두렵지 않소. 또한 일단 싸우게 된다면 반드시 길을 열 자신도 있소."

"물론 그러실 수도 있을 거요. 우리가 죽기를 각오하고 길을 연다면 어찌 저들을 뚫고 나가지 못하겠소? 그런데… 과연 천산마문의 문도들이 그 결정을 기꺼워하겠소?"

순간 천산노조의 눈에서 마기가 번쩍였다.

"본 문의 문도들이 내 명을 거부할 것이라고 말하는 거요?"

"그게 아니오. 천산마문의 문도들이 문주의 명이라면 지옥에라도 뛰어들 사람들인 건 알고 있소. 단지 나는 문주의 그 명을 진심으로 달가워하겠냐는 거요. 그 희생의 결과가 천산마문이 아닌 전혀 다른 사람의 이득이 된다면 말이오."

몽중도의 말에 현위가 살짝 눈살을 찌푸렸다.

"지금 묵안노를 두고 하시는 말이오?"

"그렇소이다. 단지 천산마문의 문도들만 두고 하는 말이 아니오. 조금 전 각 파 문도들이 묵안노의 숙영지를 바라보는 눈빛을 보지 못했소? 그들은 이미 이 싸움이 북두회가 아닌 묵안노와 정천사자들의 싸움이라고 생각하고 있을 거요."

몽중도의 말에 육가 주인 누구도 반박하지 못했다. 사실 그들도 그런 생각을 하고 있기도 했다.

"그렇다 한들 그는 북두회의 뿌리 같은 사람이오. 검은 사자들의 시간이 지나간 후 칠가의 회합을 주도한 사람이 바로 그가 아니오."

월명이 한숨을 쉬며 말했다.

"하지만 그렇다고 그를 위해 우리 식구들을 희생시킬 수는 없는 일 아니오?"

한쪽에서 당호가 냉정하게 말했다.

"그럼 그를 저들에게 내어주잔 말이오?"

월명이 되물었다.

"무슨 말씀을! 그들이 원하는 건 묵안노가 아니지 않소? 그들은 묵안노가 억류하고 있는 자기 식솔들을 원하는 것이오."

"그들의 요구대로 이골마족을 놓아주자는 것이구려."

월명이 말했다.

그러자 몽중도가 침착한 목소리로 말했다.

"사실 정천사자들이 떠난 이상 그 식솔들을 잡고 있는 게 무슨 소용이겠소. 그들을 살려두었던 것은 개중 특출 난 재주를 지닌 자들을 뽑아 정천사자로 키워내자는 묵안노의 제안 때문이 아니었소? 그런데 그 정천사자들이 떠났소. 남아 있는 자들이야 인질 이상의 의미가 없지 않소?"

몽중도의 말에 육가의 주인들은 저마다 고개를 끄떡였다.

몽중도의 말이 틀린 것이 없었다. 정천사자들이라면 모를까, 묵안노가 억류하고 있는 이골마족들은 그들의 피에 어울리지 않게 연약한 자들이었다. 노인과 여인, 그리고 어린아이가 대부분이었던 것이다.

북두회에 도움이 되거나 혹은 위협이 되는 자들은 묵안노가 키워낸 정천사자들이지, 남아 있는 연약한 그들의 식솔이 아니었다.

그들을 지키기 위해 북두회 고수들을 희생시키는 것은 아무런 가치가 없는 일이었다.

"그들의 식솔을 풀어주고 약조를 받아냅시다. 강호의 일에 관여치 않겠다는… 영원히 세상의 눈에서 숨어 살겠다는!"

남궁천이 말했다.

"후우, 약속이 무슨 소용이 있겠소? 말로 하는 약속은 아무런 가치가 없다는 걸 아시지 않소, 이 무림에서."

흑제 오릉이 가볍게 한숨을 쉬며 말했다.

"나 역시 그 약속을 믿는 것은 아니오. 단지… 명분이 될 수는 있지 않겠소? 이 일을 세상에 설명할 명분 말이오."

"음, 그도 그렇구려."

오릉이 떨떠름한 표정으로 수긍했다.

그러자 천산노조 현위가 심각한 표정으로 말했다.

"문제는 묵안노요. 그가 이 일에 동의하겠소? 그는 이골마족에 대한 집착이 유난히 강한 사람이오. 더군다나 그가 말했듯이 일은 북두회보다는 월문의 일이오. 월문에 누가 있는지 모두 알지 않소? 의천노공이 그의 뒤에 있소. 아무리 그가 사사로운 야망을 위해 이골마족을 사용하려 했다 해도 의천노공이 나선다면 그의 실수 같은 것은 한순간에 잊힐 거요."

현위의 말에 육가의 주인들은 저마다 어두운 표정을 지을 뿐, 아무도 그의 말을 반박하지 못했다.

애초에 묵안노라는 사람을 인정한 이유는 단 하나, 그가 의천노공의 문파 월문의 사람이기 때문이었다.

"그렇다면 그에게 선택권을 줍시다."

몽중도가 눈빛을 빛내며 말했다.

"무슨 선택권 말이오?"

오릉이 되물었다.

"정천사자들의 요구대로 이골마족을 풀어주든지, 그게 싫다면 그와 호천대 후오조가 선봉에 서서 길을 열라고 합시다. 우리로서는 쭉정이만 남은 이골마족은 필요 없으니 싸우지 않고 돌아가는 쪽을 선택하겠다고 하고 말이오."

"음, 듣고 보니 그도 나쁘지 않은 방법이구려. 결자해지라……."

오릉이 고개를 끄떡였다.

"후오조를 모두 잃을 수도 있소."

월명이 얼굴빛을 굳히며 말했다.

"그 역시 그의 선택 아니겠소? 언제부터인가 후오조는 북두회의 사람들이 아니라 그의 사람들이 되어 있지 않소? 흠흠, 그러고 보면 혈왕의 경고가 결코 기우가 아니었던 것 같소. 그때 그의 말을 좀 더 신중하게 받아들일 것을, 허허!"

몽중도가 탄식했다.

혈왕 종고는 북두회를 떠날 때까지 묵안노 마한의 행보를 비판했다.

"떠난 사람 이야기는 해서 뭣하오. 일단 그를 부릅시다!"

천산노조 현위가 말을 하고는 자리에서 일어나 천막 밖으로 나갔다. 그러고는 입구에 서 있던 북두회 무사에게 묵안노 마한을 데려올 것을 명했다.

"날 오라고?"

화살 공격에 쑥대밭이 된 숙영지를 수습하고 있던 묵안노 마한이 고개를 돌려 천산노조가 보낸 자에게 되물었다.

"그, 그렇습니다."

마한의 눈빛이 워낙 차가워서 심부름을 온 자가 감히 눈을 마주치지 못하고 고개를 숙이며 대답했다.

"공격받은 곳은 이곳 하나, 그런데 와보지도 않고 나를 부른다? 허어, 이자들이 과연 나 묵안노를 외인으로 취급하는구나. 뭐, 못 갈 것 없지. 주인이 부르면 손님은 거절할 수 없는 법이니까. 다녀오겠다."

묵안노가 수하들을 보며 말했다.

"모시겠습니다."

대제자 돈오가 손을 털고 마한의 곁으로 다가섰다.

"됐다. 설마 죽이기야 하겠느냐? 먼 곳도 아니고. 넌 숙영지를 마저 수습하고 사람들을 쉬게 해라. 단, 경계는 철저히 하고."

"알겠습니다."

돈오가 고개를 숙이며 대답했다.

"가지!"

마한이 옷에 묻은 흙을 툭툭 털어내고는 심부름 온 무사에게 말했다. 그러자 사내가 말없이 신형을 돌려 길을 열기 시작했다.

마한은 두 손을 양쪽 소매에 깊이 넣고 묵묵히 사내의 뒤를 따랐다.

그러다가 문득 걸음을 멈췄다. 다른 때와 다른 시선들이 느껴졌기 때문이다.

북두회에서 그는 언제나 존경의 대상이었다.

의천노공의 문파, 월문의 사람이며 북두회를 실질적으로 회동시킨 인물, 이후에도 호천대를 발족시켜 북두회를 천하의 중심으로 만드는 데 결정적인 역할을 한 사람이 마한이다.

그래서 그는 북두회 육가의 무사 누구라도 존경하는 인물이었다. 그런데 오늘 그에게 쏟아지는 시선은 달랐다.

평소 느껴지던 존경의 기운은 어디에도 없었다. 대신 그를 바라보는 눈빛은 경계와 분노를 담고 있었다.

그리고 그 어떤 물체보다도 차가웠다.

"후웃! 인심은 조석변이라……."

마한이 씁쓸한 웃음을 지으며 중얼거렸다.

단 한 번의 공격, 정천사자들의 단 한 번 공격이 그를 북두회의 가장 존경받는 인물에서 불편한 외인(外人)으로 만들어 버린 것이다.

어떻게 이럴 수 있을까 싶은 생각도 들었지만 마한은 이내 현실을 인정했다.

"사람이란 이런 존재들이니까."

사람의 마음은 애초에 믿을 게 못 된다는 것을 그는 그 자신을 통해 알고 있지 않던가. 그조차도 사제인 월문 법황 의천노공 우서한을 배신했다.

허탈한 마음에 잠시 걸음을 멈춘 마한이 심부름 온 사내에게 말했다.

"여기부터는 혼자 가지."

"어, 어차피 저도 그곳에 가야 합니다."

"알겠네, 그럼 어서 가세."

마한의 말에 사내가 서둘러 걸음을 옮기기 시작했다.

묵안노 마한이 북두회 육가의 수장들이 모여 있는 막사 안에 들어왔을 때, 그는 다시 한 번 육가의 숙영지를 거치면서 느낀 그 시선을 느꼈다.

껄끄러운 존재, 계륵 같은 존재를 보는 눈빛이다.

그 순간 마한은 이자들이 완전히 자신에게서 마음이 떠났다는 것을 깨달았다. 그럼에도 자신을 내치지 못하는 것은 아마도 의천노공 우서한의 존재 때문일 것이다.

만약 그가 의천노공 우서한을 독에 중독시켰다는 것을 알게 된다면 이들은 어찌 나올까. 아마도 그 자리에서 그의 몸은 갈기갈기 찢어지게 될 것이다.

"무슨 일로 날 부르셨소이까?"

마한이 장내에 유일하게 비어 있는 의자에 앉으며 물었다.

"피해가 크오?"

월명이 먼저 공격당한 마한의 숙영지에 대해 물었다.

"죽은 사람은 없고, 다친 사람이 대여섯 정도요. 막사야 다시 세우면 되는 것이고."

마한이 별일 아니라는 듯 덤덤하게 대답했다.

"그나마 다행이오. 피해가 크지 않은 듯하니……."

월명이 부드러운 목소리로 말했다.

"그걸 물어보려 부른 것은 아닐 것이고, 이제 정천사자들의 요구에 대한 답을 결정한 모양이구려?"

마한이 정곡을 찔러 질문했다. 그러자 월명이 고개를 끄떡였다.

"그렇소. 우린 의견을 모았소."

"어찌하기로 하셨소이까?"

"그 답을 묵안노께 일임하기로 했소."

"……?"

묵안노가 월명이 말한 의도를 이해하지 못하겠다는 듯 월명을 바라봤다.

"정천림을 만든 것은 묵안노시오. 물론 우리도 동의한 일이기는 하나 그 내막은 자세히 모르지 않겠소? 그래서 그들을 상대하는 일 역시 묵안노께서 결정하는 것이 옳다는 생각이오."

"그 말은 내가 그들의 요구를 거부하고 싸움을 택한다 해도 동의하겠다는 것이오?"

마한이 자신의 생각 한쪽을 내보였다.

"물론 그럴 것이오. 하지만 그럴 경우 한 가지 조건이 있소."

"그게 무엇이오?"

마한이 되물었다.

"그 싸움의 선봉에 노사와 호천대 후오조가 서는 것이오. 느끼셨겠지만 지금 육가의 무사들은 누구도 이 일에 자신의 목숨을 선뜻 내놓을 생각이 없소. 냉정하게 말하자면 이 싸움이 육가의 싸움이 아니라고 생각하고 있소. 그러니 결국 노사께서 선봉에 서야 싸움이 성사될 거요."

월명의 마지막 말은 단호했다. 어떤 말로도 결정을 되돌릴 수 없다는 의지가 그의 말투에 담겨 있었다.

마한의 얼굴이 차갑게 굳었다.

지금까지 마한은 비록 호천대를 부려 강호의 일에 개입하기는 했으나 그 어떤 싸움에도 전면에 나선 적이 없었다.

그런데 오늘 이들은 마한에게 싸움의 선봉에 나서기를 요구하고 있었다. 이건 곧 마한을 이제는 북두회의 근간이 아닌 정천사자와 같은 하나의 소모품으로 사용할 수도 있음을 드러낸 것이다.

"만약 내가 이 싸움을 거절하면 어쩌실 거요?"

마한이 물었다.

"그렇다면 우린 정천사자들과 타협할 생각이오. 이미 마음이 떠난 자들, 그들을 제압할 수 없다면 굳이 서로 피를 흘릴 이유가 없다고 생각하오. 그들 역시 자유롭게 해준다면 어둠 속에서 조용히 살 것이라 했으니……."

"그들의 무서움을 잊었소이까?"

"검은 사자들을 말하는 것이오?"

"그렇소이다. 그들은… 같은 피를 가지고 있소."

"하하! 그건 지나친 기우요. 같은 피를 가졌다고 어찌 그들이 검은 사자와 같겠소? 물론 오늘 그들이 보여준 움직임이 검은 사자들을 떠올리게 하긴 했소. 하지만 그 역시 검은 사자들과는 차이가 있었소. 만약 그들이 검은 사자들이었다면 과연 오늘 이런 정도의 경고만 하고 물러갔겠소? 아니, 검은 사자들이었다면 노사의 손에 잡혀 있지도 않았을 것이오."

월명이 마한의 경고를 가볍게 받아 넘겼다. 그러자 마한의 표정이 차갑게 굳었다.

"그래서 결국 그들을 보내주겠단 말이구려."

"만약 묵안노께서 이 싸움의 선봉에서 길을 열지 않으시겠다면 그렇소. 선택은 노사께 달려 있소. 어떤 길을 택하시겠소?"

선택할 수 있는 기회를 주었다지만, 기실 마한을 막다른 골목으로 몰고 있는 월명이다.

마한이 입을 굳게 닫고 육가의 주인들을 돌아봤다. 그러다가 천천히 입을 열었다.

"정 그러시다면 결정하리다."

"어쩌시겠소?"

"단 하루만 그들과 싸우겠소. 그 싸움의 결과가 좋지 못하면 그땐… 그들의 요구를 들어주겠소."

"하루라… 대체 왜 단 하루요?"

월명이 궁금한 표정으로 물었다.

"이기려는 싸움이 아니기 때문이오. 난 단지 그를 만나고 싶기 때문에 단 하루만 그들과 싸워보려는 거요. 뭐… 애초에 싸움 자체가 없을지도 모르오. 그를 만나게 된다면."

"그러니, 누구 말이오?"

곁에서 듣고 있던 남궁천이 궁금함을 참지 못하고 물었다.

"정천사자들의 뒤에서 그들을 움직이는 자, 북두회를 배신하게 만든 그자를 만나봐야겠소."

"그가… 나서겠소?"

"보지 못해도 그뿐, 이후에는 이 일에서 물러나겠소. 그땐 여러분이 그들과 협상을 하시오. 난 더 이상 북두회의 일에 관여치 않겠소."

마한이 단호하게 말했다.

"설마… 정말 북두회를 떠날 생각이오?"

자하산장의 장주 몽중도가 눈을 가늘게 뜨며 물었다.

"더 이상 내가 머물 곳은 아니라는 생각이 드는구려."

"그럴 것까지야……."

월명이 미안한 기색으로 말꼬리를 흐렸다.

그러나 그 역시 더 이상 자신들에게 마한이 필요치 않다고 생각하고 있었다. 아니, 오히려 마한이란 사람이 그들에게 부담스러운 존재로 변해 있었다.

"이제야 난 과거 사제의 결정을 이해할 수 있을 것 같소."

마한이 자리에서 일어나며 말했다.

"사제의 결정이라면… 의천노공을 말씀하시는 것이오?"

월명이 되물었다.

"그렇소. 과거 사제는 내가 그토록 청했음에도 불구하고 세상에 나오는 것을 거부했소. 이후 내가 북두회의 일에 깊이 관여하는 것도 탐탁지 않아 했고 말이오. 그때는 월문을 세상 밖에 두려는 사제의 행동이 이해가 가지 않았으나 이젠 이해할 것 같소."

"음, 의천노공께서야 워낙 탈속하신 분이니… 잡스러운 세상사에 관여하는 것이 번거로우셨을 것이오."

월명이 불안한 표정으로 말했다.

"나도 처음에는 그렇게 생각했소. 그러나 이제 보니 그 이유가 아닌 것 같소."

"그럼 뭐 때문이라고 생각하시오?"

이번에는 남궁천이 물었다. 그러자 마한이 스윽 육가의 주인들을 돌아보며 말했다.

"사제는 알고 있었던 거요. 아무리 강호무림을 전마와 검은 사자들의 손에서 구해줬다 해도 시간이 지나면 결국 공(功)은 잊히고 과(過)만 남는다는 사실을. 사람의 마음은 그렇게 조석변이어서 믿을 게 못 된다는 사실을 말이오. 그 상대가 설혹 월문 법황이라 해도 말이오. 아무튼 내일 봅시다."

마한이 더 이상 할 말이 없다는 듯 천막을 열고 밖으로 나갔다.

긴 침묵이 이어졌다.

육가의 주인들 얼굴에 알 수 없는 불안감이 감돌았다. 그러다가 그 불안감의 실체를 사천당문의 가주 당호가 입 밖으로

냈다.

"과연 의천노공이 이 일을 어떻게 받아들일지……."

＊   ＊   ＊

적풍은 정천사자들에게 둘러싸인 채 숲에서 북두회 고수들의 움직임을 바라보고 있었다.

지난밤 광풍처럼 몰아친 공격 이후 신혈족들은 그들 자신조차 이해되지 않는 복종심으로 적풍을 대하고 있었다.

당시 적풍이 사자검을 뽑아 들고 북두회 진영을 향해 돌격을 명령했을 때 솟아오른 본능적인 투지를 정천사자들은 오늘 아침까지도 생생하게 기억하고 있었다.

그리고 그렇게 투지에 불타는 자신들 앞에서 거침없이 적을 향해 돌진하던 적풍의 모습은 얼마나 믿음직했던가.

그와 함께라면 천하에 그 무엇도 두려울 것이 없다는 생각이 들었다. 그 시간이 지나고 나자 이제 남은 것은 적풍에 대한 맹목적인 복종심이었다.

이제 그들은 적풍이 누구 한 명을 지목해 단신으로 적진을 향해 뛰어들라고 명령하면 누구라도 그 명령을 거부하지 않을 것 같았다.

이제 적풍은 그들에게 가장 중요한 존재가 되어 있었다. 그래서 적풍의 주위를 여러 겹으로 둘러싼 정천사자들의 행동은 무척 자연스러운 일이었다.

"놈들이 옵니다!"

문득 조금 앞에 나가 있던 조어장이 뒤를 돌아보며 소리쳤다.

"막아설까요?"

타파가 물었다.

그러자 적풍이 그의 왼편에 서 있는 감문을 돌아봤다.

"소식이 왔소?"

"한 시진 안에 도착할 거랍니다."

감문이 대답했다.

"생각보다 빠르군."

"저도 놀랐습니다. 성주께서 비마대에 대해 말할 때는 솔직히 믿기지 않았는데, 이번에 움직이는 속도를 보니 그들이 어떤 능력을 지니고 있는지 알 것 같습니다."

"한 가지 당부하고 싶은 말이 있소."

적풍이 주위를 돌아보며 말했다. 그러자 타파가 모두를 대신해서 대답했다.

"하명하십시오."

"말했지만 비마대를 이끄는 나의 아우 우마는 그대들과 같은 신혈의 피를 가지고 있소. 하지만 다른 사람들은 그렇지 않소. 그러니 그들을 대할 때 조심해서 행동하기 바라오. 그대들은 이제부터 북십자성의 무사들. 난 본래의 십자성 무인들과 그대들이 자연스럽게 하나가 되길 바라오."

"명심하겠습니다."

타파가 대답했다.

"좋소, 그럼 일단 뒤로 물러납시다."

"맞서지 않고 말입니까?"

투지에 불타던 정무창이 맥이 빠지는 표정으로 물었다.

"저들을 저 봉우리 절벽 아래까지 끌어들일 것이오. 그때쯤 이면 아우가 도착할 것이고, 저들은 그곳에서 온전히 굴복하게 될 것이오."

적풍이 차가운 눈으로 숙영지를 벗어나 남쪽을 향해 움직이고 있는 북두회 고수들을 보며 말했다.

제3장
격돌

숲에 이르러 묵안노와 호천대의 고수들은 말을 버렸다. 아름드리나무가 즐비한 산비탈을 오르는 데에는 말이 오히려 거추장스러웠다.

"놈들이 도주합니다."

미리 앞으로 전진하던 육 조 조장 노왕이 마한 앞으로 달려 내려와 보고했다.

"도주?"

"그렇습니다. 벌써 일백 장 이상 거리를 두고 물러났습니다. 어찌할까요?"

"도주라……. 유인책일 수도 있겠지."

"그래서 걱정입니다만……."

노왕 역시 도주라는 말을 쓰긴 했으나, 정천사자들이 정말 도주를 하고 있다고는 생각지 않았다. 단 일 합도 겨루기 전에 도주할 자들이 아니었기 때문이다.

"함정이라도 좋다. 물러난다면 나쁘지 않지. 우린 놈들과 싸워 이기는 것이 목적이 아니라 저들에게 길을 열어주면 되는 것이니까. 싸우지 않고 최대한 갈 수 있을 만큼 가는 것도 나쁘지 않다."

마한이 고개를 돌려 이제 막 숙영지를 거두고 백여 장 뒤에서 호천대를 따르고 있는 북두회 육가의 고수들을 보며 말했다.

"굳이 이럴 필요가 있을까요?"

문득 돈오가 말했다.

"무슨 소리냐?"

"길을 뚫는다 한들 정천사자들이 식솔들을 걱정해 돌아올 리 없을 겁니다. 이골마족을 아시지 않습니까?"

"그렇겠지."

"또한 저들의 마음이 이미 우릴 떠났는데 길을 만들어낸다고 고마워하지도 않을 겁니다."

돈오가 이번에는 육가의 고수들을 가리켰다.

"그렇겠지."

"그런데 왜……?"

"저들에게도 말했지만 오늘 놈들을 공격하는 것은 싸워 이기자는 것이 아니다. 난 단지 놈들을 몰아붙여 그들의 뒤에 있는 자의 얼굴을 보고 싶은 거다. 짐작대로 십자성인지 확인하고 싶어. 그걸 알아야 향후의 일을 계획할 수 있다."

"명화산으로 돌아간다 해도 북두회를 예전처럼 움직일 수 있을까요?"

"그건 그 이후의 일이다. 그리고… 육가도 예전 같지가 않다. 지왕종문과의 싸움에서 워낙 손실이 컸어. 각 파의 정예들이 많이 꺾였다. 아마 이 손실을 회복하려면 적어도 십 년은 걸릴 게다. 그런 상황에서 염화마군의 복수와 천무맹의 성장을 견제하려면… 흐흠, 결국에는 내가 필요할 거다. 물론 약간의 시간은 필요하겠지. 자신들의 처지를 깨달을 시간 말이다. 아무튼 그 때문에 더더욱 놈들의 뒤에 누가 있는지 확인하는 것이 중요해."

"그렇군요."

돈오가 마한의 행보를 이해한 듯 고개를 끄덕였다.

"가자."

마한이 호천대 고수들에게 명을 내렸다. 그러자 호천대 고수들이 안개가 스며들듯 산비탈을 타고 오르기 시작했다.

적풍이 이끄는 신혈족은 절벽 아래서 걸음을 멈췄다. 절벽이라고는 해도 타고 오르지 못할 높이는 아니어서 줄이 없어도 무공을 수련한 자들이라면 능히 오르고도 남음이 있었다.

하지만 퇴로로 쓰기에는 너무 위험한 곳이기도 했다.

"여기서 기다린다."

적풍의 말에 신혈족들이 움직임을 멈췄다.

"퇴로가 좋지 않습니다."

타파가 말했다.

"퇴로는 필요 없소."

"필요 없다니요?"

"이곳에서 물러나면 저들에게 길을 열어주게 되오. 그럼 모든 일은 공염불이지. 설혹 우리 쪽의 손실이 다소 있다 해도 이곳에서 저들을 굴복시켜야 하오."

"하지만 성주님의 사람들이 제때 도착하지 못할 수도 있습니다."

쿠샨이 데려오고 있는 비마대를 말하는 것이다.

"설혹 그렇다 해도 이곳에서 승부를 봐야 하오."

"……."

적풍의 말에 타파가 대답을 하지 못했다. 그의 얼굴에 두려움이 깃들어 있었다.

비록 지금까지는 계책과 기습으로 우위를 점했다고 해도 정면으로 북두회 고수들과 맞서 싸우기에는 정천사자들의 숫자가 너무 적었다.

아무리 북두회 고수들의 전력이 약화되었다고는 해도 여전히 숫자로는 정천사자들이 불리했다.

하물며 저들은 북두회 육가에서도 가려 뽑은 절정고수가 아닌가.

"과거 검은 사자들은 단 일백으로 강호무림 전체를 상대했소. 다르다 한들 우리 역시 신혈을 가진 사람들이오. 모두 알 것이오. 우리 몸속에는 우리도 알지 못하는 힘이 숨어 있다는 것을. 두려워들 마시오. 일단 싸움이 시작되면 우린 반드시 이길 것이오. 그건 내가 보증하오!"

스릉!

적풍이 사자검을 빼 들었다.

사자검을 든 적풍이 훌쩍 몸을 날려 곁에 있는 바위 위로 올라갔다. 그리고 마치 혼자서 북두회의 고수 전부를 상대할 것처럼 다가오는 적을 응시했다.

그 순간 정천사자들은 다시 기이한 감정에 빠져들었다. 지금껏 느끼던 불안감이 사라지고 적풍에 대한 절대적인 믿음이 생겨나기 시작했다.

전왕의 검이라는 사자검을 들고 서 있는 적풍의 뒷모습에서 그들은 수천의 고수보다도 더 든든한 힘을 느끼고 있었다.

"까짓! 싸워봅시다, 뭐!"

조어장이 타파 곁으로 다가서며 말했다.

"하긴, 물러날 수도 없는 일이지."

방금 전까지 두려움이 깃들어 있던 타파의 얼굴에 이젠 투지가 불타오르고 있다.

파팟!

타파와 조어장이 신형을 날려 바위 위 적풍의 곁으로 올라섰다.

"명만 내리십시오. 죽음을 불사하고 적들을 쓸어버리겠습니다."

"아무도 죽지 않을 거요."

적풍이 단호하게 대답했다.

"알겠습니다, 성주!"

"일단 가진 화살과 암기를 이곳에서 모두 쓸 준비를 하시오."

"그러자면 절벽 위가 낫지 않겠습니까?"

어느새 바위 위로 올라온 소두괴가 말했다. 그러자 적풍이 고개를 저었다.

"절벽 위로 물러나면 저들의 기세가 오를 것이오. 하지만 이곳에서 저들을 기다린다면 그들은 절벽 위에 누군가가 있을 것이 두려워 함부로 접근하지 못할 것이오."

"허장성세를 쓰자는 말씀이군요."

"반드시 허장성세만은 아니지 않겠소? 곧 십자성의 사람들이 올 터인데……."

"하긴 그렇군요. 알겠습니다. 명대로 따르겠습니다."

소두괴가 머리를 조아리며 다부진 표정으로 대답했다.

소두괴는 다시 몸을 날려 바위 아래로 내려가 정천사자들을 주요 길목에 배치하기 시작했다.

마한은 신중했다.

싸워 이기는 것이 목적이 아니었기에 그는 가능한 어떤 위험도 감수하지 않으려 했다.

앞에 사람을 보내 적의 공격이 없음을 확인한 후 전진했고,

그러고도 수시로 휴식을 취해 호천대 고수들이 지치지 않게 했다.

그래서 그가 절벽 아래서 그를 기다리고 있는 정천사자들과 조우한 것은 산을 오르기 시작한 지 반 시진이나 흐른 뒤였다.

그동안 그가 전진한 거리가 겨우 수백 장, 그를 멀리서 뒤따르는 북두회 육가의 수장들이 지루해할 만큼 느린 전진이었다.

"정천림주는 어디 있는가?"

마한의 신중함은 마지막까지 이어졌다.

그는 바위 위에 서 있는 몇 명의 사람을 발견하고는 더 이상 전진하지 않고 먼저 정천림주 주문량을 찾았다.

"노야, 오랜만입니다!"

주문량을 대신해 타파가 앞으로 나서며 가볍게 포권을 해 보였다.

"림주는?"

마한이 다시 물었다.

"림주는 이곳에 없습니다."

"그를 죽였나?"

마한은 정천림주 주문량을 알고 있었다. 그래서 사실 이 반란이 더 납득이 되지 않았다. 주문량은 자신을 배신할 배포가 없는 사람이었기 때문이다.

그런데 이 자리에 그가 없다는 것을 확인한 순간 일의 내막을 모두 짐작했다. 정천림 내부에서 반란이 있었던 것이다.

"살아는 계십니다."

타파도 굳이 주문량의 상태를 감추지 않았다. 이제 정천림에 그의 사람이 없다는 것을 확인시켜 주고 싶기도 했다.

"모두가… 동의했나?"

마한이 다시 물었다. 주문량을 물러나게 한 일에 대한 물음이었다.

"그렇습니다. 보시다시피!"

타파가 손을 들어 주위를 가리켰다. 숲 곳곳에 몸을 숨기고 있는 정천사자들의 뜨거운 투기가 느껴졌다.

마한의 눈이 가늘어졌다.

이 기운, 숲에서 흘러나오는 정천사자들의 이 뜨거운 기운은 그가 알고 있던 그들의 것이 아니었다.

보지 못하는 사이 정천사자들이 그가 알 수 없는 존재들로 변한 듯 느껴졌다.

"대체 너희들에게 무슨 일이 있던 것이냐?"

마한이 호기심과 근심이 뒤섞인 표정으로 물었다.

"단 하나의 변화만 있었을 뿐입니다."

"뭐냐?"

"멸시의 대상인 이골마족이 아닌, 존중의 대상인 신혈족으로 살아가기로 결심한 것, 그 하나의 결심이 우리를 변화시키더군요."

"마음이 변했다고 기도가 변한단 말이냐?"

"그게… 가능하더군요."

타파가 대답했다.

사실 타파도 최근 일어난 자신들의 변화가 이해되지 않을 때가 간혹 있었다.

북두회와 위험한 흥정을 하는 와중에도 무공은 급격하게 증진됐고, 정천사자들의 마음 또한 몰라보게 활기차게 변해 있었다.

누군가에게 구속되어 무노로 살아가던 자들이 가진 열패감은 더 이상 이들에게서 찾아볼 수 없었다.

이런 변화는 그 일을 직접 겪은 타파조차도 그 이유를 설명할 수 없었다.

"누구냐?"

마한이 차갑게 물었다.

"……?"

"너희를 변화시킨 자! 누구냐?"

"우린 우리 스스로 운명을 바꾸었습니다."

타파가 반발하듯 말했다.

"불은 불씨가 있어야 타오른다. 누구냐, 너희에게 그 불씨를 당긴 자가?"

마한이 다시 물었다.

그의 차가운 추궁에 타파가 침묵을 지켰다. 지금 이곳에서 적풍의 존재를 드러내도 되는 것인지 스스로 결정할 수 없었기 때문이다.

그런 그의 고민을 적풍이 해결해 줬다.

"나요!"

적풍이 타파의 앞으로 나섰다.

순간 마한은 거대한 산이 자신을 향해 무너져 내리는 것 같은 느낌을 받았다.

검은 갓 사이로 투영되는 검은 동공, 자연스레 승천하듯 움직이는 익골, 그리고 몸 전체를 아우르는 살아 움직이는 듯한 검은 기운. 전형적인 이골마족, 그중에서도 검은 사자들이라 불리던 자들의 모습이다.

"검은 사자?"

마한이 자신도 모르게 중얼거렸다.

"검은 사자 따위… 난 모르오."

적풍이 대답했다.

"검은 사자가 아니란 말인가?"

그렇지 않다면 불가능한 일이라는 듯 마한이 물었다.

"우린 검은 사자가 아니오, 피는 같을지 몰라도. 같은 월문의 사람이라도 그대와 법황 우서한이 같은 부류의 사람이 아니듯 말이오!"

"월문을 아는구나!"

마한이 놀란 표정으로 소리쳤다.

"그게 무슨 큰 비밀이라고 모르겠소. 검은 사자들을 추격한 자들, 전마별호에 다녀온 자들은 모두 알고 있는 일 아니오?"

"넌… 대체 누구냐?"

마한의 얼굴색이 변했다.

물론 강호에서 마한이 월문의 사람임을 아는 사람은 적지 않다. 육가의 수장들을 물론 북두회의 주요 고수들도 그 사실을 알고 있었다.

그러나 그렇다고 그들이 묵안노 마한 앞에서 함부로 월문을 입에 올리지는 않는다.

월문이라는 문파가 의천노공 우서한과 동일시되기 때문이다. 그래서 사실 마한은 월문의 고수임에도 불구하고 월문을 내세울 수 없는 사람이기도 했다.

"내가 누군지는 그에게 물어보면 알 거요."

"그? 누구 말이냐?"

"당신의 사제이자 당신의 문주인 사람 말이오."

"…너… 이놈!"

마한이 부르르 몸을 떨었다. 상대가 말하는 사람이 누군지는 분명했다.

의천노공 우서한, 바로 그를 말하고 있음이다.

"어떤 관계냐? 법황과!"

마한이 애써 감정을 추스르며 물었다. 우서한을 아는 자라면 필시 범상치 않은 인연으로 엮여 있을 것이 분명했다.

"글쎄 그건 그에게 물어보라니까 그러시오."

"감히 월문을 희롱하려 드는 거냐?"

"하하하! 월문을 희롱하려 들다니… 정작 월문을 희롱한 것이 누군데 그러시오?"

"그게 무슨 소리냐?"

마한의 눈에서 서서히 살기가 돌기 시작했다. 그러자 적풍이 차갑게 말했다.

"난 말이오, 생각보다 당신에 대해 많은 것을 알고 있소. 그러니 당신은 내 심기를 건드리지 말아야 할 거요. 내 입이 열리면 당신은 패륜한 인간으로 전락하게 될 것이고, 내 검이 움직이면 당신의 목이 떨어질 것이기 때문이오. 난… 그 두 가지 일 모두를 내 손과 입으로 하고 싶지 않소. 결자해지! 신혈족은 그만 놓아주고 월하선봉에나 가보시오!"

적풍의 냉정한 경고에 마한의 눈빛이 크게 흔들렸다.

말하는 것으로 보아 이자는 자신이 사제이자 법황인 의천노공 우서한에게 독을 썼다는 것을 알고 있는 듯 보였다.

그렇다면 그의 경고는 허언이 아니었다. 자신이 의천노공 우서한을 중독시켰다는 것이 세상에 알려지면 아마도 그는 강호에 발붙일 곳이 없을 것이다.

아니, 어쩌면 이자는 사제 의천노공 우서한이 보낸 자일 수도 있었다.

"겨뤄봐야겠다!"

마한이 입술을 깨물며 말했다.

마한은 이 기이한 자와 의천노공 우서한이 관계가 있는지 알아보려면 그의 무공을 겪어보는 것이 가장 빠른 길이라고 생각했다.

월문의 무공을 한 자락이라도 익혔다면 절대 자신의 눈을 피할 수 없기 때문이다.

"죽어도 좋소?"

적풍이 물었다.

"너 따위에게 죽을 내가 아니다."

"글쎄… 과연 그럴까?"

적풍이 고개를 좌우로 까딱여 목을 풀며 되물었다.

"내 검을 받아내면… 이골마족을 풀어주마!"

"하하, 그럼 죽이면 안 되겠군. 죽은 자는 약속을 지킬 수 없으니까 말이야."

적풍이 비웃음을 흘렸다.

"나에 대해 알고 있다면 감히 그따위 말을 하면 안 된다는 것도 알 텐데?"

스릉!

묵안노 마한이 검을 뽑았다.

순간 적풍이 허공으로 떠올랐다.

"글쎄, 과연 열등감에 사로잡혀 간계나 부리는 자를 두려워해야 할까?"

적풍이 마한을 향해 떨어져 내리면서 소리쳤다.

콰아아!

적풍은 어느새 사자검을 등 뒤로 거두고 청룡검으로 마한을 상대했다. 웬지 마한에게 사자검은 너무 과분하단 생각이 들었기 때문이다.

일대일의 대결에서 사자검은 오직 의천노공 우서한을 상대하기 위해서만 뽑힐 자격이 있다는 생각이다.

쾅!

마한이 적풍의 청룡검을 막아냈다. 검과 검 사이에서 벼락치듯 불꽃이 일어났다.

순간 태산에 짓눌리는 듯한 압력을 느낀 마한이 안개처럼 흐릿해지더니 어느새 적풍의 검세에서 벗어나 적풍의 등 뒤 허공으로 떠올랐다.

그야말로 귀신같은 신법이다.

팟!

마한의 검이 길게 늘어나는 듯 보이더니 적풍의 목덜미를 찔렀다. 적풍처럼 강력한 위력을 가진 것은 아니지만, 사실 마한의 검은 적풍의 검초보다도 더 위험한 것이었다.

팟!

적풍이 급히 몸을 왼쪽으로 기울였다. 순간 마한의 검이 적풍이 쓰고 있던 초립의 끝을 베고 지나갔다.

투툭!

초립의 이음새가 끊어지면서 몇 개의 올이 떨어져 나갔다. 그러자 초립의 챙 사이로 적풍의 얼굴이 보였다.

"넌?"

적풍이 얼굴을 본 마한이 놀란 표정으로 뒤로 물러났다. 적풍이 생각보다 너무 젊었기 때문이다.

그러나 마한의 놀람 따위는 적풍에게 그리 중요치 않았다. 그에게 중요한 것은 마한의 그 신기에 가까운 움직임이었다.

'과연 월문! 무공과 법술이 혼재하는 듯한 이 움직임은 정말 상대하기 까다롭군. 하지만 의천노공만큼은 아니다!'

적풍이 신중하게 검을 들어 마한을 겨누었다.

"이렇게 어린놈이었나?"

"그래서 이 싸움에서 이길 자신이 솟구치나?"

적풍이 다시 비웃음을 흘렸다.

"놈!"

강호에서 나이가 어리다는 것은 큰 약점이다. 경험의 문제가
아니라 적공의 문제이기 때문이다.

영약을 써서 공력을 끌어 올린다 해도 결국 내공의 연공은
세월의 힘이 바탕이 돼야 한다.

하물며 일백 살을 훌쩍 넘긴 마한에게 서른도 되어 보이지
않는 적풍의 나이는 그를 방심하게 만들기에 충분했다.

고오오!

마한의 검에서 기이한 파공음이 일어났다. 마한이 검을 쓰
는 법을 바꿨다.

쾌속하면서도 신묘한 검로를 찾아 움직이는 월문 특유의 검
법이 아니라 일백 년의 수련을 통해 만들어진 그의 내공을 담
은 검을 쓰기로 결심한 것이다.

적풍은 해일처럼 밀려드는 마한의 검을 보며 한 줄기 미소를
지었다.

'이런 자도 방심을 하는군.'

적풍은 마한의 의도를 알고 있었다.

자신의 나이로 극복할 수 없는 내공의 힘으로 승부를 보겠
다는 마한의 결정은 얼핏 옳은 방법처럼 보였다.

그러나 마한은 한 가지 사실을 간과하고 있었다. 그건 바로 적풍을 보통 사람과 다르게 하는 가장 중요한 이유, 신혈의 피를 잠시 잊은 것이다.

그 방심의 대가는 혹독했다.

적풍이 청룡검을 땅에서 위로 긁어 올렸다. 그러자 청룡검을 따라 달무리가 지듯 검은 검기가 형성됐다.

그렇게 일어난 검기가 둥글게 만월의 모양을 갖추며 마한의 검기와 격돌했다.

쿠웅!

검기와 검기가 충돌하면서 지진이 난 듯한 소리가 일어났다. 주변의 초목이 흔들리고 정천사자들이 올라 있던 바위도 뒤흔들렸다.

그리고 승부는 한순간에 갈렸다.

잠시 두 개의 검을 사이에 두고 정지한 듯하던 두 사람의 위치가 느리게 회전하며 아래위가 변했다. 그러다 한순간 적풍의 어깨 위로 괴물과 같은 검은 기운이 솟구치며 그의 검이 강력하게 마한을 밀어냈다.

"컥!"

마한의 입에서 붉은 피와 함께 신음 소리가 터져 나왔다.

그의 몸이 허공으로 떠오르더니 그대로 산비탈을 향해 추락하기 시작했다.

"스승님!"

뒤쪽에서 적풍과 마한이 싸움을 지켜보고 있던 마한의 대제자 돈오가 크게 놀라 앞으로 달려 나오면서 마한의 신형을 받아 들었다.

투툭!

마한의 몸을 받아 든 돈오가 그 힘을 이기지 못하고 주르륵 산비탈을 밀려 내려왔다.

그러면서도 돈오는 품안에 든 마한을 놓지 않았다. 그런 돈오의 몸을 다시 호천대 후오조의 고수들이 떠받쳤다. 그러고 난 이후에야 돈오의 움직임이 멈췄다.

"스승님!"

돈오가 급히 품속의 스승을 불렀다.

"쿨럭!"

마한이 대답을 하려다가 다시 한 모금의 피를 토해냈다. 돈오가 급히 자신의 소매를 들어 마한의 입을 닦았다.

"괜찮다, 내려라!"

한 모금 피를 토해낸 마한은 오히려 정신을 차린 듯 보였다.

돈오가 걱정스러운 표정으로 마한을 땅에 내려놓았다. 그러자 마한이 한 번 휘청거리더니 여전히 손에 들고 있던 검으로 땅을 짚고는 겨우 몸을 바로 세웠다.

그러고는 적풍과 다시 싸울 듯한 기세로 두어 걸음 앞으로 전진했다. 그러나 더 이상은 그에게 무리였다. 그가 움직이지 않는 자신의 다리를 잠시 내려다보다 무겁게 고개를 들었다.

"넌 누구냐?"

마한이 피 묻은 입으로 적풍에게 물었다. 아마도 같은 질문을 벌써 서너 번은 했을 것이다.

"글쎄, 그건 의천노공에게 물어보라니까?"

적풍은 이제 마한을 상대하는 일에는 관심이 없는 듯 검을 거두며 말했다. 굳이 마한을 죽이지는 않겠다는 뜻이다.

"이놈! 감히 날 모욕하느냐?"

마한이 검을 거두는 적풍을 노려보며 분노를 토해냈다.

"모욕? 당신에게 그런 걸 당할 자존심이 남아 있었나? 난 그렇게 생각되지 않는군. 의천노공 역시 그리 생각지 않을 것이고."

"대체… 사제와 어떤 관계냐?"

"어차피 당신은 월하선봉으로 가야 하지 않겠나? 그때 확인하라고!"

"그곳에는… 다시 가지 않는다!"

마한이 이를 갈며 말했다.

"아니, 반드시 가게 될 거야. 당신 같은 자들은 호기심을 참지 못하거든. 대체 내가 누군지, 어떻게 의천노공을 알고 있는지 궁금하겠지. 그 호기심이 당신이 체면 따위는 생각지 않게 할 거야."

적풍이 비웃음을 흘리며 말했다.

"이놈, 싸움은 아직 끝나지 않았다! 모두 놈들을 공격하라!"

마한이 악을 쓰듯 명을 내렸다.

그러나 마한의 명에도 호천대 고수들은 쉽게 움직이지 못했다. 적풍이 보여준 그 괴이하면서도 압도적인 무공이 그들의 발을 무겁게 만든 것이다.

"정신들 차려라! 놈들은 몇 되지 않아! 숲의 기운을 살펴봐라! 놈들을 돕는 자들은 없다!"

성치 않은 몸으로도 추상같은 명을 내리는 마한의 호령에 호천대 고수들이 그제야 절벽 아래 주변을 살폈다.

그러자 과연 그들의 육감에 잡히는 적의 숫자가 그리 많지 않았다. 지난 며칠 동안 북두회 고수들을 공포에 사로잡히게 하던 수백의 적은 존재하지 않았던 것이다.

"허허실실(虛虛實實)!"

호천대 육 조의 조장 노왕이 나직하게 이를 갈며 중얼거렸다. 그동안 속고 있었다는 것을 깨달은 것이다.

다른 자들 역시 갑작스레 투지가 솟구쳤다.

단지 정천림의 정천사자들만이라면 북두회 고수들이 감당치 못할 이유가 없었다. 그자들이 아무리 괴물 같다 해도 자신들 뒤에는 북두회 육가의 고수들이 수십 장 안쪽으로 접근해 있었다.

그래서 도검을 들고 앞으로 전진하려는데 문득 그들의 걸음을 막는 일이 있었다.

"그들을 만나려면 내 검을 먼저 받아내야 할 것인데, 과연 그럴 용기가 있는 자가 있느냐?"

적풍의 싸늘한 경고가 호천대 고수들을 짓눌렀다. 타오르던 전의도 적풍의 무공을 떠올리자 급격하게 사그라들었다.

노련한 마한은 호천대로는 적풍을 넘어 정천사자들을 공격할 수 없음을 깨달았다.

"육가의 가주들에게 상황을 전하라. 허장성세였다는 것을 알면 앞다퉈 공격할 것이다."

마한이 명을 내리자 호천대 구 조의 조장 명사성이 빠르게 산비탈을 달려 내려갔다.

"무슨 일이냐?"

묵안노 마한으로부터 오십여 장 거리를 두고 산 위의 상황을 살피고 있던 육가의 주인 중 남궁천이 비탈을 타고 내려온 명사성에게 물었다.

"묵안노께서 전력을 다해 공격하라 말씀하셨습니다."

"갑자기 그게 무슨 소리냐? 길을 뚫지 못하면 돌아올 일이지 갑자기 공격이라니. 그나저나 묵안노가 누군가와 겨룬 듯한데 어찌 된 일이냐?"

"놈들의 배후에 있는 자와 겨루셨는데……"

명사성이 말꼬리를 흐렸다.

"좋지 않구나?"

"대주께서 큰 부상을 입으셨습니다."

"허허, 그런데도 공격을 하라고? 싸움에 진 분풀이를 우리더러 해달란 말인가?"

남궁천이 어이없다는 표정을 지으며 말했다.

"그것이 아니오라 저들의 숫자가 많지 않습니다. 겨우 서른 전후. 그간 간계를 써서 숫자를 부풀린 것 같습니다. 그래서……."

"뭣? 그게 정말이냐?"

남궁천이 미처 입을 열기도 전에 혹제 오릉이 앞으로 나서며 되물었다.

"그렇습니다. 정천사자들을 돕는 자는 겨우 서넛 정도 되는 듯 보였습니다. 물론 묵안노 어른을 상대한 자의 무공이 대단하기는 하지만… 모두 힘을 모아 공격하면 충분히 승산이 있는 싸움인 듯합니다."

"음, 정말 허장성세였단 말이지. 어떻게들 생각하시오?"

혹제 오릉이 육가의 주인들을 돌아보며 물었다.

그의 얼굴엔 이미 숨길 수 없는 살기가 일어나고 있었다. 그간 적의 간계에 속았다는 분노와 지금까지 느낀 열패감을 한번에 만회할 수 있는 기회를 잡았다는 생각에 투기가 솟구치는 듯했다.

"허장성세였다면 싸우지 않을 이유가 없소."

당호가 말했다.

"혹 함정은 아니겠소?"

자하산장의 몽중도가 신중한 모습을 보였다. 그러자 천산노조 현위가 고개를 저었다.

"함정을 파기에는 장소가 좋지 않소. 뒤가 절벽인데 무슨 함정을 팔 수 있겠소?"

"하긴 그렇구려."

몽중도도 이번에는 천산노조의 말에 동의했다.

"그럼 공격합시다!"

흑제 오릉이 다시 한 번 육가 주인들의 동의를 구했다.

"좋소이다. 내가 선봉에 서리다!"

남궁천도 그동안 속임을 당한 것에 대한 분풀이를 하려는 듯 대답하고는 검을 빼 들고 앞서서 산을 오르기 시작했다.

북두회 고수들이 전진하는 것을 적풍과 묵안노 둘 모두 응시하고 있었다.

"도망이라도 가는 것이 어떻겠느냐?"

묵안노가 적풍을 보며 말했다.

둘 간의 대결에서는 졌지만 이 싸움에선 자신이 승리할 것이라는 자신감이 가득한 말투이다.

"소문과 다르군."

적풍이 대답 대신 혼잣말을 중얼거렸다.

"무슨 말이냐?"

"듣기로 그대는 음산한 면이 있긴 해도 현명한 자라던데 이제 보니 그렇지 않은 것 같아. 아니면 늙어서 정신이 흐려진 건가?"

"허장성세는 눈에 보이지 않을 때나 통하는 것이다."

"허장성세라… 과연 그럴까?"

"넌 혼자 저들을 상대할 수 있을 것 같으냐?"

마한이 손을 들어 산비탈을 치달아 오르는 북두회 고수들을 가리키며 물었다.

"글쎄… 못 할 것도 없지만 굳이 혼자 할 이유는 없지! 일단 저들에게 인사나 해 주시오!"

적풍이 뒤를 돌아보며 소리쳤다.

그러자 절벽 아래 곳곳에 몸을 숨기고 있던 정천사자들이 일제히 모습을 드러내며 산 아래로 화살을 날렸다.

정천사자들이 쏜 화살이 묵안노와 호천대 후오조를 날아 넘어 북두회 육가의 고수들을 향해 날아갔다.

쐐애액!

연이어 쏘아대는 화살이 하늘에서 소나기처럼 쏟아졌다.

"조심해! 화살이다!"

육가의 주인들이 저마다 자신들의 문도들에게 경고했다.

차창!

연이어 곳곳에서 도검으로 화살 쳐내는 소리가 들렸다. 그러면서 자연스레 북두회 고수들의 전진도 멈췄다.

"후후! 겨우 화살로 저들을 막을 수 있다고 생각하는 거냐?"

묵안노 마한이 비웃음을 흘리며 적풍에게 물었다.

"글쎄, 어쨌거나 일단 멈췄군."

적풍이 대답했다. 그러자 마한이 심각한 부상을 당한 와중에도 사자후를 터뜨렸다.

"놈들은 겨우 수십이오! 화살 역시 그리 많지 않소! 전진을 멈추지 마시오!"

묵안노 마한의 목소리가 화살 공격으로 걸음을 멈춘 북두회 고수들을 다시 움직이게 했다.

그들은 도검을 앞에 세워 화살 공격에 대비하며 다시 산을 오르기 시작했다.

"모두 쏟아부어!"

적이 움직이자 타파가 소리쳤다.

그러자 잠시 멈췄던 정천사자들의 화살 공격이 다시 시작됐다. 그러나 이번에는 북두회 고수들을 멈추지 못했다.

북두회 고수들은 느리지만 도검으로 화살을 막아내며 계속해서 절벽을 향해 전진했다.

물론 거리가 가까워지면서 조금씩 화살에 상하는 자도 생겼다. 특히나 정천사자 중 일부는 놀라운 궁술을 지니고 있어서 그들이 쏘는 화살은 북두회의 절정고수들이라도 막아내기 힘들었다.

그러나 그렇게 쓰러지거나 다치는 자가 나타나는 와중에도 드디어 북두회 육가의 주인들은 마한과 조우했다.

"괜찮소?"

소림방장 월명이 내기가 상해 파리해진 묵안노 마한에게 걱정스러운 표정으로 물었다.

"난 괜찮소. 이대로 밀어붙여 놈들을 격살하시오. 자칫하다가는 일부가 절벽을 넘어 도주할 수도 있소."

"그건 걱정 마시오. 우리 앞에서 절벽을 넘는다는 것은 죽음을 자초하는 일이니까."

옆에서 천산노조 현위가 말했다.

"놈들이… 이곳마족임을 잊지 마시오. 특별한 재주들이 있소."

"아무리 재주가 좋아도 이젠 독 안에 든 쥐요. 가자!"

천산노조 현위가 천산마문의 마인들에게 명을 내렸다.

그러자 마성을 터뜨린 천산마문의 마인들이 정천사자들을 향해 날아오르기 시작했다.

"물러가라!"

천산마문의 마인들이 날아오르는 순간 적풍의 검이 번뜩였다. 순간 청룡검에서 검기가 흩뿌려졌다.

퍼퍽!

가장 앞서 날아오르던 마인 둘이 그대로 피를 뿌리며 산비탈을 굴러 내려갔다.

그러나 천산마문의 마인들은 굴러떨어지는 동료들의 몸을 날아 넘어 적풍을 향해 메뚜기 떼처럼 밀려들었다.

그러자 적풍의 뒤에서 타파 등 정천사자들이 천산마문의 마인들을 향해 뛰어나왔다.

차차창!

거칠게 부딪치는 도검의 충돌음이 절벽에 반사되어 사방으로 퍼져 나갔다.

삽시간에 난전이 벌어지기 시작했다.

궁지에 몰린 적을 향해 달려드는 북두회 고수들의 공세는 사나웠다. 그러나 단단하게 진영을 갖춘 정천사자들의 힘도 결코 만만치가 않았다.

숫자는 북두회의 고수들이 세 배 많았지만, 정천사자들은 유리한 위치를 점하고 북두회 고수들을 경악시키는 놀라운 재주들로 상대의 공격을 너끈히 막아냈다.

"그대들도 가라!"

북두회 고수들이 쉽사리 정천사자들을 제압하지 못하자 묵안노 마한이 호천대원들에게 명했다.

"알겠습니다. 모두 따르라!"

호천대 후오조의 조장들이 호천대원들을 독려해 싸움에 뛰어들었다.

호천대원들이 나서자 싸움의 전세가 서서히 변하기 시작했다.

족히 세 배는 넘는 숫자의 적, 그리고 살법에 능한 호천대원들까지 가세하자 정천사자들의 단단한 방어막도 조금씩 그 틈이 벌어지기 시작한 것이다.

적풍은 진영의 중심에서 적을 맞아 싸우다가 살짝 눈살을 찌푸렸다. 이대로라면 한순간에 진영이 무너질 수도 있었다.

위기감이 들자 적풍의 손이 자연스럽게 등 뒤로 돌려 멘 사자검으로 향했다.

사자검을 뽑아 든다면 장내의 전세를 단번에 역전시킬 자신이 있었다. 그러나 사자검을 뽑아 들기에는 상황이 좋지 않았다.

북두회 육가의 수장은 모두가 과거 전마 적황의 추격에 나선 사람들이다. 그들은 전마가 추격대 삼백을 홀로 와해하던 장소에 함께 있었다.

당시 전마는 자신이 가진 모든 병기를 사용했지만, 그중에서 단연 사람들의 눈길을 사로잡은 것은 당연히 그의 검, 전왕의 검이라는 사자검이었을 터이다.

이들 중 누군가 사자검의 정체를 알아본다면 적풍은 그 순간부터 전마 적황의 후인으로 살아가야 할지도 몰랐다.

그가 전마의 후인임이 밝혀지면 천무맹 내에서도 등을 돌리는 자들이 나올 것이다.

혹은 강호의 공적이 될 수도 있었다. 설혹 그렇지 않다 해도 그의 세력이 크게 약화될 것이 분명했다.

적풍은 자신이 적황의 아들이라는 것이 영원히 비밀로 남기를 바랐다. 그가 신혈의 피를 이었다는 것은 언젠가는 알려질 일이었지만, 전마 적황의 후인이란 사실은 가능한 한 드러내고 싶지 않았다.

"뭐, 어차피 그의 입에 달린 문제이니 상관없을까?"

적풍이 청룡검을 휘둘러 달려드는 적 하나를 베어 넘기며 중얼거렸다.

문득 자신의 고민이 어리석게 느껴졌기 때문이다.

애초에 그에게 사자검을 준 사람은 의천노공 우서한이다. 그러니 그의 손에 사자검이 있는 이유가 밝혀지는 것은 결국 우서한의 입에 달린 문제였다.

그가 전마 적황의 아들이어서 사자검을 주었다고 말할 수도 있고, 혹은 강호의 분란을 해결하라는 의미에서 사자검을 주었다고 할 수도 있었다.

그러니 뒷일을 생각해 지금 사자검을 드는 것을 망설일 이유가 없는 것이다.

적풍이 한 손을 등 뒤로 돌려 사자검을 잡아갔다.

스릉!

그의 손에 의해 사자검이 검신을 드러냈다.

그 투명하고 짙은 검은색 검신이 청룡검과 자리를 바꿔 적풍 앞에 섰다.

그 순간 그를 향해 달려들던 북두회 고수들이 이유도 모른 채 서늘한 두려움을 느끼고 뒤로 물러났다.

적풍이 그런 북두회 고수들을 향해 사자검을 겨눴다.

그런데 적풍이 사자검에 진기를 주입하려는 순간, 갑자기 그의 뒤쪽 절벽 위에서 강렬한 함성 소리가 들리더니 강전(强箭)이 매서운 소리를 내며 소나기처럼 쏟아지기 시작했다.

제4장
굴복

　적풍은 운이 나쁘지 않다고 생각했다. 굳이 사자검을 쓸 필요가 없어졌다.

　적풍이 사자검을 거두고 훌쩍 뒤로 물러났다. 이젠 싸움을 정천사자들에게 맡겨둬도 될 상황이다.

　절벽 위로 수백은 넘어 보이는 인원이 나타나 절벽 아래 북두회 고수들을 향해 화살을 쏟아붓는 순간 이 싸움은 끝난 것이나 마찬가지였다.

　정천사자들과 북두회 고수들 사이의 거리가 점점 멀어졌다. 그럴수록 절벽 위에서 쏟아지는 화살은 북두회 고수들에게 집중됐다.

　"물러나라!"

급기야 북두회 수장들 입에서 후퇴를 명하는 소리가 흘러나왔다. 그러자 북두회 고수들이 앞다퉈 화살의 힘이 닿지 않는 곳으로 물러났다.

싸움은 그것으로 끝이었다.

반역자들이 외려 과거의 주인들을 위협하는 이 기이한 대치는 오늘 아침 묵안노 마한의 진격이 있기 전으로 돌아갔다.

북두회 고수들은 다시 고립됐다.

그것도 이번에는 정천사자들의 허장성세가 아닌 실재하는 적이 더해진 것을 두 눈을 목격했으므로 북두회 고수들의 사기는 땅에 떨어질 수밖에 없었다.

"형님!"

북두회 고수들이 물러나자 절벽 위에 늘어선 사람들 사이에서 한 사내가 날짐승처럼 절벽을 타고 내려와 적풍 앞으로 다가왔다.

적풍의 급한 호출에 천무흑룡선에 대기하고 있던 비마대를 이끌고 온 우마였다.

"어서 와."

적풍이 다른 사람을 대할 때와는 달리 반가운 기색을 얼굴에 드러내며 우마를 맞았다.

적풍과 우마 사이에는 신혈족으로서의 동질감을 넘어선 그 이상의 친밀감이 존재했다.

그들은 흑사회로부터 십자성으로, 그리고 다시 천무맹으로

이어지는 야망의 여정을 함께 걸어온 사람들이어서 형제보다
도 더 진한 연대감으로 묶여 있는 사이였다.

"늦지 않은 거지요?"

"제때 왔어."

"다행이네요."

"몇이나 되지?"

"비마대 이십에 천무흑룡선에 머물고 있던 천무맹의 고수 오
십을 더 데려왔어요."

"그래? 그런데 수백은 되어 보이던데?"

적풍이 절벽 위에 늘어선 천무맹 고수들을 보며 물었다.

"쿠샨 어른의 계책이죠. 뭐, 하여간 재주가 많은 분이니까
요."

"그렇군. 그가 지휘하고 있나?"

"예, 이런 싸움에는 역시 그런 분이 제격이죠."

"좋아, 이리 와. 소개해 줄 사람들이 있어."

적풍이 우마를 데리고 정천림의 주요 고수들이 있는 곳으로
걸음을 옮겼다.

"모두 수고했소."

적풍이 정천사자들을 보며 말하자 타파 등이 적풍에게 머리
를 조아리며 대답했다.

"이 모든 게 성주님 덕분입니다. 감사드립니다."

"아니오, 짐작은 했지만 정천사자들의 능력에 나도 새삼 놀
랐소. 오늘의 승리는 그대들 스스로 만들어낸 것이오."

"성주님이 없으셨다면 불가능했을 일입니다."

"아무튼 좋소. 소개해 줄 사람이 있소. 이 사람은 내 의동생이며 십자성을 처음 만든 친구요. 봐서 알겠지만 우리와 마찬가지로 신혈의 피를 가지고 있소. 우마, 이들이 정천림을 이끄는 사람들이다!"

적풍이 타파 등에게 우마를 소개했다.

그러자 우마가 빙그레 미소를 지으며 입을 열었다.

"모두 반갑소이다, 형제들!"

형제라는 말에 정천사자들의 얼굴에 웃음기가 떠올랐다.

"와줘서 고맙소, 형제!"

타파가 정중하게 포권을 하며 대답했다.

"위에서 보니 정말 대단하시더이다. 난 아주 감동했소."

우마의 말은 빈말이 아니었다.

우마는 절벽 위에 도착해 북두회 고수들을 상대하는 정천사자들의 모습을 보고는 적지 않게 놀랐다.

그 자신도 신혈을 피를 가져 무공을 수련한 후 사부 마도충이 경악할 만큼 빠른 진보를 보였지만, 오늘 본 정천사자들의 무공은 예상을 뛰어넘는 것이었다.

지왕종문의 원정에 참여한 북두회 고수들은 모두 육가에서 가려 뽑은 절정고수, 그들을 상대로 적은 숫자로도 싸움의 균형을 유지하는 정천사자들의 무공은 무림인들을 경악시킬 만한 것이었다.

"모두 성주께서 이끌어주신 덕분이오."

타파가 공을 모두 적풍에게로 돌렸다.

그런데 그때였다. 갑자기 정천사자 중에서 듬직한 체격을 지닌 젊은 고수 한 명이 뛰어나오며 소리쳤다.

"우마! 설마 너냐?"

순간 우마가 고개를 돌려 자신을 향해 달려 나오는 거대한 체구의 청년을 바라봤다.

청년을 바라보는 우마의 시선이 묘하게 변했다. 마치 꿈을 꾸고 있는 듯한 표정이다. 우마는 지금 그의 앞에 나타난 청년을 믿을 수 없다는 눈길로 바라봤다.

"우마!"

청년이 흑곰이 포효하듯 다시 우마를 불렀다.

"구… 왕?"

우마가 술 취한 듯 불안정한 목소리로 입을 열었다.

"그래, 나 구왕이야! 정말 우마 너 맞구나! 하하하! 정말 우마야!"

구왕이란 청년이 우마의 팔을 부여잡고 소리쳤다.

"너… 네가 어떻게?"

우마가 말을 더듬었다. 당연한 일이었다.

수년 전 남만의 깊은 오지 마을에 이골마족을 사냥하기 위해 호천대가 나타났을 때, 그때 구왕은 죽었다.

호천대에 붙잡혀 끌려가던 우마를 구하기 위해 무모하게 뛰어들던 신혈족의 청년들, 그중에서 구왕은 마지막까지 우마를 보호했다.

그는 놀라운 신력으로 절정고수들인 호천대 무인들을 상대했다. 그리고 결국 절벽을 타고 올라 도주하던 우마의 뒤를 따르던 중에 호천대가 쏜 화살에 맞아 수십 척 절벽에서 떨어져 즉사(卽死)했었다.

그의 죽음이 오늘 날의 우마를 만들었다.

구왕의 죽음을 보면서 우마는 울부짖었다. 그리고 그를 추격하던 호천대 고수들에게 경고했다. 언젠가 반드시 그날의 빚을 갚을 거라고.

그 복수심이 우마를 마도충의 제자로 만들었고, 흑사회를 재건시켰으며, 오늘날 적풍과 함께 천하의 패권을 노리는 십자성을 만들게 한 것이다.

그런데 죽은 구왕이 살아서 그의 눈앞에 있으니 우마로서는 혼란스러울 뿐이었다.

"내가 죽은 줄 알았지?"

구왕이 실실거리며 물었다.

사실 우마와 한 마을에 살 때부터 구왕은 웃음이 많은 청년이었다.

"넌 분명 그때 절벽에서……."

"나도 화살에 맞고 절벽에서 떨어질 때는 죽은 줄 알았어. 땅에 떨어지는 순간 정신을 잃은 것도 사실이고. 그런데 말이야, 이 피는 정말 대단하더라고. 죽지 않았어. 깨어보니 죽지 않았더라고. 물론 호천대 놈들에게 잡히기는 했지만. 온몸의 뼈가 다 부러진 채로 말이야."

"그들이 널 살렸어?"

우마가 급히 물었다.

"내 근골이 아까웠던 모양이야. 정천사자로 만들 사람들을 찾고 있었으니까."

구왕이 호천대가 그를 살린 이유를 말해줬다.

"이놈!"

우마가 자신보다 한 뼘은 더 큰 구왕을 끌어안았다.

"야야, 이거 놔! 창피하게!"

구왕이 얼른 우마의 팔을 풀어내며 쑥스러운 표정으로 주변을 살폈다.

그러나 정천사자 중에 두 사람을 비웃는 사람은 없었다. 이들 두 사람이 겪은 일을 그들 역시 겪었기 때문이다.

"회포는 나중에 풀고 절벽 위로 가자. 그리고 다시 사자를 보내는 것이 좋겠소."

적풍이 타파에게 말했다.

"뭐라 전할까요?"

"내일 아침 답을 듣겠다고 하시오."

"거절하면 어쩌실 생각인지……?"

타파가 걱정스러운 표정으로 물었다.

"그럼 정말 제대로 피를 보겠지, 원군이 온 이상은. 그리고 이번에는 천무맹의 이름을 밝히도록 하시오."

"그, 그래도 괜찮겠습니까?"

"어차피 이 일이 끝나면 천무맹이 관여했다는 사실을 숨길 수 없을 것이오. 그럴 바에야 제대로 천무맹의 이름을 써먹는 게 좋지 않겠소? 저들도 천무맹이 정천림을 돕고 있다는 것을 알면 굴복할 수밖에 없을 것이오."

"알겠습니다, 성주!"

타파가 대답을 하고 정무창에게 고개를 끄떡였다. 그러자 정무창이 순식간에 자리에서 사라졌다.

"우린 올라갑시다."

정무창이 떠나자 적풍이 말하고는 먼저 절벽을 오르기 시작했다.

북두회 육가의 수장들과 묵안노 마한은 절벽을 오르는 정천사자들을 침통한 표정으로 바라보고 있었다.

오늘 이 한 번의 패배는 그들에게 회복하기 힘든 타격을 주었다. 이번 싸움에서 죽은 고수의 숫자를 두고 하는 말이 아니었다.

북두회 무사들은 자신들이 전력을 다하고도 결국 정천사자들에게 패했다는 사실에 혼란스러워하고 있었다.

검은 사자들의 시간 이후 북두회는 단 한 번도 패배란 것을 경험하지 않았다.

그도 그럴 것이, 그들은 처음 회합을 가진 그 순간부터 이미 천하의 패자가 되어 있었다.

북두회의 이익에 반하는 자들은 은밀하게 호천대를 움직여 처리했기에 육가의 고수들은 검 한 번 들지 않고 천하를 호령해 왔다. 더군다나 이번 원정에서 지왕종문을 멸문시킨 것 역시 북두회 고수들의 자부심을 더욱 키웠다.

그래서 그들은 정천사자들로부터 협박을 받을 때조차도 일시적인 어려움에 처했을 뿐 그들이 정천림의 배신자들에게 패할 거란 생각은 전혀 하지 않았다.

그런데 오늘 그들은 북두회가 성립된 이후 처음으로 패배란 것을 경험했다. 그간 경험하지 못한 패배의 충격은 그들을 실제보다 더욱 두려움에 떨게 만들었다.

그런 북두회 고수들을 보며 육가의 수장들은 한숨을 쉴 수밖에 없었다.

단 한 번의 패배로 전의를 잃은 수하들을 데리고 다시 싸움을 한다는 것은 거의 불가능한 일이었다.

오히려 이럴 때 적이 공격해 온다면 과연 이들 중 몇이나 살아남을 수 있을지 장담할 수조차 없었다.

그나마 다행인 것은 적이 즉시 반격하지 않고 절벽 위로 물러났다는 것 정도이다.

그런데 그런 그들을 압박하는 일이 다시 일어났다.

"누가 옵니다."

막사도 세우지 못한 채 산비탈에 이리저리 흩어져 휴식을 취하고 있던 북두회 고수들은 누군가의 말에 화들짝 놀라며 자리에서 일어나 도검을 들었다.

묵안노 마한과 육가의 주인들 역시 마찬가지였다.

그런 그들의 눈에 산에 사는 짐승보다 빠르게 산비탈을 타고 내려오는 한 사내가 보였다.

사내는 순식간에 산을 내려와 어느새 북두회 진영의 십여 장 앞쪽까지 당도했다.

좀 전의 난전으로 온몸에 피 칠을 한 사내는 정천육장 중 한 명인 정무창이었다.

"네놈이 감히 이곳엔 무슨 일이냐?"

호천대 육 조의 조장 노왕이 살기를 터뜨리며 정무창 앞으로 다가섰다.

"노야를 뵈러 왔소!"

"죽을 자리를 찾아왔구나!"

노왕이 격전으로 날이 빠진 도를 들어 올리며 소리쳤다.

"그만하라!"

노왕이 정무창을 공격하려는 순간 묵안노 마한이 노왕을 제지했다.

"대주, 놈을 무릎 꿇리겠습니다."

"어떤 전장에서도 적의 사자를 베지는 않는다."

"대주, 놈은 단지 배신자일 뿐입니다."

"그만하게!"

이번에는 당문의 가주 당호가 차갑게 말했다. 그러자 노왕이 더 이상 고집을 부리지 못하고 불쾌한 표정을 지으며 뒤로 물러났다.

"정무창! 무슨 말을 전하러 왔느냐?"

"내일 아침까지 답을 주십시오."

"답이라… 이골마족에 대한 것인가?"

"그렇습니다."

"거절한다면?"

"더는 기다리지 않을 것입니다."

"우릴 공격하겠단 뜻이냐?"

"그렇습니다."

정무창이 단호하게 말했다. 그러자 묵안노가 잠시 생각에 잠겼다가 침착하게 말했다.

"지금까지는 그저 위협을 하였을 뿐이고, 내일부터는 공격을 하겠다는 것은 역시 허장성세가 끝나고 정말 너희를 돕는 자들이 도착했다는 말이겠지?"

"그렇습니다."

정무창은 굳이 부인하지 않았다.

"역시 그렇군. 한 가지 묻겠다."

"하문하십시오."

정무창은 덤덤하게 대답했다.

"너희를 이끌던 자, 그자의 정체가 뭐냐?"

"그건 말씀드릴 수 없습니다."

"그럼 배후의 세력이 누군지도 말할 수 없겠구나?"

"그건 말씀드릴 수 있습니다."

"어디냐?"

묵안노가 기다리지 않고 물었다.

장내의 모든 북두회 고수의 시선이 일제히 정무창의 입으로 향했다. 정천림의 배후야말로 그들이 가장 궁금해하는 것이다.

"천무맹입니다."

정무창이 망설이지 않고 대답했다.

"천무맹! 역시……!"

"간교한 자들……!"

육가의 주인들이 저마다 입을 열어 천무맹을 비난했다.

"역시 천무맹이 어부지리를 노렸군."

묵안노가 고개를 끄떡이며 말했다. 이미 짐작하고 있던 일이지만 실제로 그 사실이 밝혀지자 천무맹이라는 세력이 좀 더 버겁게 느껴졌다. 정무창이 여전히 무심한 표정으로 다시 말했다.

"천무맹주께서 말씀하시길 만약 어부지리를 노렸다면 천무맹의 모든 고수를 동원해 북두회 육가의 원정대를 전멸시켰을 거라 하시더군요."

"그건 또 무슨 궤변이냐? 우릴 협박하면서 어부지리를 노린 게 아니란 말이냐?"

남궁천이 노한 음성으로 호통을 쳤다.

"천무맹주께서는 단지 저희 신혈족의 처지를 안타깝게 생각해 약간의 도움을 준 것입니다. 아니라면, 만약 이 일이 천하 패권을 둔 싸움이었다면 과연 어르신들께서 무사하셨겠습니까?"

정무창이 냉정하게 물었다. 그러자 남궁천이 화를 내려다 말고 입을 닫았다.

"음⋯⋯!"

남궁천은 노련한 강호의 거목이다. 그도 정무창의 말이 틀리지 않다는 것을 알고 있는 것이다.

"그래서 그가 원하는 것이 단지 이골마족의 자유다?"

묵안노가 물었다.

"그렇습니다."

"허허, 대체 그가 무슨 연유로 북두회와 척을 지면서까지 이골마족을 돕는단 말이냐?"

"천무맹주께선 신혈족과 깊은 인연이 있다고 하시더군요. 해서 천무맹에서는 우리 신혈족을 적대하거나 혹은 경멸치 않습니다. 또한 과거 검은 사자들의 업을 우리에게 떠넘기지도 않지요."

정무창이 대답했다.

"깊은 인연이라⋯⋯. 혹 천무맹주도 이골마족인 것이냐?"

"그건 저도 모르겠습니다. 아직 만나 뵌 적이 없으니⋯⋯."

"좋다, 한 가지만 더 묻겠다. 좀 전 너희를 도운 그 이골마족의 고수도 천무맹주가 보낸 것이냐?"

묵안노는 그가 상대한 적풍이 천무맹주인 십자성의 주인일 거라고는 전혀 생각지 않고 있었다.

이유는 간단했다. 그가 찢어진 삿갓 사이로 얼핏 본 적풍의 모습이 천무맹주이기엔 너무 젊었기 때문이다.

"그렇습니다."

정무창이 짧게 대답했다. 사실 묵안노의 이번 질문에 정무창은 내심 당황한 상태였다. 그가 적풍이 십자성주라는 것까지 밝혀도 되는지 판단할 수 없었기 때문이다.

그래서 그저 묵안노의 질문에 수긍하는 것으로 대답을 대신했는데, 다행인지 묵안노는 그의 대답에 별반 의심을 하는 것 같지 않았다.

"과연 그렇군. 천무맹, 아니, 십자성은 이미 이골마족을 자신들의 힘으로 쓰고 있었군. 북두회가 한발 늦은 것인가?"

묵안노가 나직하게 탄식했다.

그러면서 그가 육가의 주인들을 돌아봤다. 그간 이골마족을 북두회의 힘으로 만들려는 묵안노의 계획을 육가의 주인들은 탐탁찮게 생각했다.

"이골마족은 강호의 공적! 그런 자들을 이용해 세력을 키우다니 과연 천무맹의 의도가 불순하구나!"

흑제 오릉이 묵안노의 시선을 회피하며 큰 소리로 외쳤다. 그러자 정무창이 여전히 냉정한 표정을 유지한 채 대답했다.

"천무맹에선 우리 신혈족을 강호 공적으로 보지 않습니다. 검은 사자의 죄업이 우리와 무슨 상관이란 말입니까? 그렇게 따진다면 천룡문 역시 백오십 년 전 흑삼룡의 사건을 책임져야 할 겁니다."

정무창의 말에 흑제 오릉의 눈이 분노로 이글거렸다.

흑삼룡이란 말은 천룡문의 문도는 물론 천룡문을 상대하는 강호인들에게조차 금기시 된 말이었다.

백오십 년 전 천룡문의 절대고수 삼 인이 마공에 심취해 강호에 큰 혈겁을 일으킨 일이 있었다.

그들을 강호에선 흑삼룡이라 불렀는데, 당시 그들이 뿌린 피가 천인혈에 가까웠다.

그들을 추살하기 위해 강호의 모든 주요 고수가 동원됐고, 천룡문 역시 수십 명의 고수를 잃은 후에야 그들을 제압할 수 있었다.

이후 천룡문은 그 일로 인해 반백 년이 넘는 시간 동안 봉문 아닌 봉문을 하고 문파의 힘을 다시 길러내야 했다.

해서 흑삼룡에 대해 이야기하는 것은 천룡문을 도발하는 행위나 마찬가지였다.

하지만 사실 냉정히 따져보면 그들의 봉문은 스스로 힘을 기르기 위함이었지 강호에서 흑삼룡의 잘못을 추궁해서 이뤄진 일은 아니었다.

흑삼룡의 출신 문파로서 천룡문은 강호에 그 어떤 책임도 지지 않았던 것이다. 그러니 정무창의 말대로 과거 검은 사자들의 잘못을 오늘날 신혈족에게 묻는 것은 불공평하고 가혹한 처사였다.

"네가 정녕 죽고 싶은 모양이구나. 감히 흑삼룡을 거론하다니……."

"검은 사자가 문제가 된다면 흑삼룡도 문제가 된다는 뜻에서 한 말입니다. 그리고 그런 식으로 따지만 북두회 육가의 역사가 어찌 공명정대하다고만 할 수 있겠습니까? 그러니 신혈족의 책임을 묻는 것은 오늘로 끝내주시기 바랍니다. 우리가 원하는 것은 세상사로부터 멀어져 조용히 일생을 사는 것이지 이런 분란이 아닙니다. 그럼 전 이만 가보겠습니다."

정무창이 자신이 할 말은 다 했다는 듯 포권을 해 보이고는 우거진 숲 사이로 모습을 감췄다.

정무창이 떠나자 북두회 진영은 깊은 침묵에 빠졌다.

의심은 했지만 정작 천무맹이 정천사자들 뒤에 도사리고 있다는 것이 확인되니 자신들의 처지가 더욱더 위험하게 느껴졌다. 다른 세력이라면 후환이 두려워 자신들을 벨 수 없을 테지만 천무맹은 달랐다.

천무맹은 북두회와 천하의 패권을 놓고 다투는 신흥 세력, 육가의 후환을 꺼릴지언정 피할 자들이 아니었다.

"어쩌면 좋겠소?"

남궁천이 육가의 수장들을 돌아보며 물었다. 그러자 자하산장의 장주 몽중도가 대답했다.

"이미 정해진 것 아니오?"

"무슨 말씀이시오?"

남궁천이 의아한 표정으로 되물었다.

이들은 절벽 아래에서 물러난 이후 향후의 행보에 대해선 제대로 대화를 나눈 적도 없었다. 그러나 몽중도의 생각은 다른 모양이었다.

"오늘 묵안노께서 길을 여는 데 실패하면 그들을 내어주기로

하지 않았소?"

생각해 보면 정말 간단한 문제였다. 이 문제는 어젯밤 이미 결론이 난 일이다.

문제는 그 일을 실행하기에는 북두회 육가의 수장들조차도 망설여진다는 것이다.

"정말 그들을 보내도 괜찮겠소?"

흑제 오릉이 걱정스러운 표정으로 물었다. 그러자 묵안노가 기다렸다는 듯이 대답했다.

"그들을 보내는 것은… 북두회 스스로 천무맹에 약세를 인정하는 모양이 될 것이오. 그렇게 되면 무림의 고수들은 결국 북두회에서 눈을 돌려 천무맹을 바라보게 될 것이오."

"바로 그게 걱정이오. 이건 마치 우리가 그들에게 굴복하는 모양새가 되니……."

오릉이 다른 때와 다르게 묵안노의 말에 동조했다.

"그래서 더욱 이골마족을 내어주면 안 되오."

묵안노가 단호하게 말했다. 그러나 모두가 그의 생각에 동의하는 것은 아니었다.

"아니, 내어줘야 하오."

묵안노의 의견에 반대한 사람은 역시 몽중도이다.

"북두회가 강호의 패권을 잃어도 말이오?"

묵안노가 화가 난 표정으로 물었다.

"그럼 빈껍데기뿐인 이골마족을 억류하고 우리가 이곳에서 모두 죽으면 북두회의 패권이 지켜지오?"

몽중도가 차갑게 되물었다.

"그건……."

"모두 생각해 보시오. 우리 육가는 모두 수백 년의 전통을 가지고 있소. 그사이 위기가 없었던 문파가 있소? 소림조차도 봉문의 시절을 겪었소. 그러나 잠시의 고난을 이기고 나면 반드시 다시 무림의 북두로 우뚝 서지 않았소. 그게 바로 전통의 힘이고 우리 육가의 힘이오. 하물며 우리가 패한 것도 아니고, 그저한 번 양보한 것으로 어찌 육가의 패권이 저들에게 넘어갈 것을 걱정한단 말이오. 일단 이곳에서 벗어나고 볼 일이오. 이후 북두회를 더욱 크고 강하게 확장합시다."

"어떻게 말이오?"

천산노조 현위가 물었다.

"육가가 속한 각 파벌의 제 문파를 북두회에 정식으로 초대합시다."

"음, 그렇군. 그런 방법도 있었군."

천산노조 현위가 고개를 끄떡였다.

몽중도의 계획이 반가운 것은 현위만이 아니었다. 육가의 다른 주인들 얼굴에도 생기가 돌았다.

다른 문파를 북두회에 들이는 것이야 권력을 나누는 것이니 손해 보는 일이기는 해도 그들은 오래전부터 육가와 밀접한 관계를 형성하던 가문들이다.

그들을 북두회에 들이는 일은 이골마족을 지키기 위해 이곳에서 적의 손에 몰살을 당하는 것과는 비교할 수 없을 만큼 감당하기 쉬운 일이었다.

"애초에 우리 육가는 북산맹과 천마맹, 그리고 오대세가와 정천육문에 그 뿌리를 두고 있었소. 그러니 각 세력의 주요 문파를 북두회에 들이는 일은 그리 꺼릴 일도 아닐 것이오."

남궁천 역시 이 위기를 벗어나기 위한 방책으로 북두회의 문을 여는 것에 찬성했다.

장내에서 몽중도의 계획을 달가워하지 않는 사람은 오직 한 명, 묵안노 마한뿐이었다.

그러니 대세는 이미 결정된 것이나 다름없었다. 그럼에도 불구하고 묵안노는 마지막 경고를 했다.

"모든 일이 생각처럼 되는 것은 아니오."

"그건 또 무슨 소리요?"

몽중도가 더 이상 묵안노의 반대를 용납하지 않겠다는 표정으로 되물었다.

"오늘의 북두회가 천무맹에 굴복하고 난 이후 북두회는 지금까지와는 전혀 다른 위치에 있게 될 것이오. 세상의 인심은 믿을 것이 못 되어서 북두회가 문호를 열어 강호의 문파들을 초대한다 해도 그들이 과연 북두회의 일원이 될지는 확신할 수 없소. 사람은 누구도 침몰하는 배에는 타려 하지 않기 때문이오."

마한의 경고에 몽중도가 노한 목소리를 뱉어냈다.

"말을 함부로 하지 마시오! 침몰하는 배라니! 오늘 당장 한발 물러선다고 북두회가 무너지기라도 한다는 말이오? 만약 그렇게 생각한다면 묵안노께서는 우리 육가를 몰라도 너무 모르시는구려!"

몽중도뿐 아니라 육가의 주인들 얼굴에도 불쾌한 표정이 역력했다. 그러나 묵안노 마한 역시 전혀 양보할 기미를 보이지 않았다.

"흥분할 일이 아니오. 난 그저 세상의 인심과 북두회의 현실에 대해 말한 것뿐이오. 아무튼 좋소. 결정은 여러분의 몫이니까. 이미 말했지만 난 잠시 북두회를 떠나 있겠소."

"허어! 묵안노께서 아니 계신 북두회를 어찌 북두회라 하겠소이까? 북두회의 시작이 바로 묵안노 아니시오?"

소림의 월명이 당황한 표정으로 만류했다. 그러자 마한이 단호하게 고개를 저으며 말했다.

"이골마족을 풀어주고 강호의 제 문파에게 문호를 개방한다는 것은 북두회가 처음과는 전혀 다른 길을 간다는 의미요. 애초에 북두회를 만들 때 바로 그 두 가지 원칙이 가장 중요한 것이었소. 천하에 산재한 이골마족을 제압해 다시는 검은 사자들과 같은 자들이 강호를 어지럽히지 못하게 하는 것, 그리고 전마 적황에게 일곱 개의 기보를 탈취당한 일곱 문파가 모여 와신상담, 과거의 치욕을 잊지 않고 강호를 지켜내는 것. 이 두 가지가 내가 제안한 북두회의 회합 이유였소."

"음……."

마한의 말에 월명이 나직하게 침음성을 흘렸다. 틀리지 않은 말이었기 때문이다.

"그런데 오늘 그 두 가지 조건을 포기하고 새로운 길을 모색하기로 한 이상 이제 북두회는 나와 인연이 다한 세력이라 할 수 있을 것이오. 내 나이 벌써 일백이 넘었소. 이 나이에 다시 무슨 욕심이 있어 북두회에 머물겠소. 그저 산야에 묻혀 여생이나 편히 보내려 하니 날 잡지는 마시구려."

말은 그렇게 하지만 표정은 냉담하고 한편으로는 노기가 흐르는 듯도 보였다.

"그럼 어디로 가시려오?"

월명이 미안한 기색을 보이며 물었다.

"하하, 천하가 이처럼 넓은데 갈 곳을 걱정하겠소이까?"

마한이 허탈한 웃음을 흘렸다.

"월하선봉에 다녀오실 생각이시오?"

월명이 조심스레 물었다.

순간 마한의 표정이 차가워졌다.

"그건 월문의 일! 대사께서 언급하실 일이 아니오!"

너무 냉정한 마한의 말에 월명조차 당황해 입을 닫았다. 그러자 마한이 자리를 털고 일어나며 말했다.

"북두회의 일은 육가에서, 월문의 일은 월문에서 결정하면 되오. 내일 길이 열리면 모두 잘들 가시오. 난 명화산으로 가지 않을 것이오. 그럼 육가의 무운을 빌겠소!"

마한이 차갑게 말을 내뱉고는 자리를 떠났다.

묵안노 마한의 그 과격한 언사에 놀란 육가의 주인들은 호천대 후오조의 호위를 받으며 숲 아래로 들어가 밤을 날 준비를 하는 묵안노 마한을 바라볼 뿐 누구도 입을 열지 않았다.

갑자기 밤바람이 차갑게 불어왔다. 그러자 당호가 옷깃을 여며 바람을 막으며 중얼거렸다.

"어허, 날이 왜 이리 춥나!"

*　　　　*　　　　*

북두회의 사자가 새벽이슬이 채 마르기도 전에 절벽을 올랐다. 그는 천무맹의 고수들과 정천사자들이 병풍처럼 늘어선 절벽 위 숙영지에 들어와서도 전혀 기가 죽지 않았다.

그도 그럴 것이, 그는 그야말로 북두회가 자랑하는 호천대 제일조의 조장이자 소림이 자랑하는 무승 목불이었기 때문이다.

"그의 뒤를 따르는 자는 천제강이란 자입니다. 북두회 육가 어디에도 속하지 않으나 또한 북두회 육가 가주들이 공통적으로 신임하는 자이지요. 이유는 단 하나, 그가 묵안노의 사람이 아니기 때문입니다. 일인전승의 무공을 수련했다고 하는데, 무공으로만 보자면 호천대 십이조의 조장 중 제일이라고 평가받습니다."

소두괴가 빠르게 호천대 제일 조장 목불의 뒤를 따르는 오십 대 중반의 검객에 대해 설명했다.

"특이한 자구려."

적풍이 천제강이라는 자에 대해 관심을 보였다. 그의 기도가 특별했기 때문이다. 그렇다고 신혈족으로 보이지는 않았다.

"그를 북두회에 데려온 사람이 자하산장의 장주라고 합니다. 무척 공을 들여 초대했다고 하더군요."

"자하산장이라……. 대체 그들의 정체가 뭐요?"

"그건 저도 모르겠습니다. 하지만… 좀 음흉한 느낌이 나는 문파지요."

소두괴가 고개를 저으며 대답했다.

북두회 육가는 역사가 깊은 강호의 명문들이라 세상에 그 내막이나 역사가 알려질 만큼 알려진 문파들이다. 그런데 유독 자하산장만은 그렇지가 않았다.

자하산장의 역사는 수백 년에 이른다고 알려졌지만 그들의 행보가 세상에 알려진 것은 백여 년 전부터가 전부였다.

그조차도 문주 외 몇 명 고수의 행적이 전부라서 자하산장은 여전히 강호의 신비지문으로 여겨지고 있었다.

"정천림주는 어디 있소?"

적풍과 소두괴의 대화는 소림승 목불의 물음으로 중단됐다.

"림주께선 거동이 불편하시어 이곳에 안 계시오. 지금은 내가 정천림을 대표하오."

타파가 앞으로 나서며 말했다.

그러자 목불이 무표정한 얼굴로 한 장의 서찰을 타파에게 날려 보냈다. 목불의 손을 떠난 서찰이 잘게 떨리며 타파의 손에 이르렀다. 놀라운 공력이다.

하지만 타파는 목불의 공력 자랑 따위에는 관심이 없는 듯 낚아채듯 서찰을 받아 그 안의 내용을 살폈다. 그리고 잠시 후 그의 얼굴에 미소가 떠올랐다.

그가 고개를 돌려 적풍에게 가볍게 고개를 끄떡였다.

적풍 역시 일이 원하는 대로 되었다는 것을 알아채고는 가볍게 고개를 끄떡여 대답을 대신했다.

그러자 타파가 다시 목불에게로 시선을 돌리며 말했다.

"육가 가주님들의 배려에 감사드린다고 전해주시오!"

"조금이라도 그런 생각이 있다면 당장 사람들을 물리고 길을 여시오!"

목불이 차갑게 대꾸했다.

"미안하지만 그건 어렵겠소!"

타파가 냉정하게 말했다.

"그게 무슨 소리요? 또 다른 조건이 있다는 거요?"

"그건 아니오. 우리가 원하는 것은 식솔들의 안전, 그 이상은 없소. 하지만 당신들을 믿지 못하는 것이 문제요."

"믿지 못한다……. 길을 열어주었는데 약속을 지키지 않을 수도 있다고 의심하는 거요?"

"그렇소."

"대북두회 육가의 수장들이 약속한 일이오. 그런데도 믿지 못하겠다는 거요? 그건 그분들을 모독하는 일이오!"

목불이 노기가 깃든 시선으로 타파를 보며 말했다. 그러자 타파가 차분하게 대답했다.

"대사, 사람의 마음을 어찌 믿소이까? 대사께선 북두회 육가가 과거 자신들이 한 약속을 모두 지켰다고 생각하시오?"

타파의 질문에 목불이 선뜻 대답을 하지 못했다.

배신과 간계가 난무하는 강호이다. 그런 곳에서 북두회 육가가 세력을 유지하기 위해선 그들도 간계를 쓰지 않을 수 없었다. 배신 또한 없었다고 할 수 없는 육가이다.

"그럼 어찌하면 되겠소?"

목불이 수행자답게 가슴속의 화를 참으며 물었다.

"크게 달라질 것은 없소. 북두회의 고수분들은 예정된 길을 가면 되오. 단, 장안으로 가지는 마시오. 장안 북쪽으로 우회해 황하 강변에 이르는 길로 가시오. 우리가 원하는 곳까지 이동하는 시일이 대략 열흘, 그 안에 정천림의 식솔들을 약속한 곳까지 보내주면 그곳에서부터 우린 물러나겠소. 그때까지는 불편하지만 동행하게 될 거요."

"…알겠소. 그리 전하겠소."

목불이 타파의 말에 수긍했다. 지금으로선 그의 제안을 거절할 명분이 없었다.

"출발은 이곳에서 육가의 전서구가 떠나는 것을 확인한 이후에 하게 될 것이오."

"철저하시구려."

"혈족의 생사가 달린 일이니 지나치다 생각지 마시길."

"알겠소, 그리하리다."

목불이 대답하고는 신형을 돌렸다. 그러고는 그를 수행해 온 천제강이란 자와 함께 나는 듯이 절벽을 내려갔다.

굴욕적인 일이기는 해도 타파가 요구한 일들을 북두회 육가의 수장들이 굳이 거절할 이유는 없었다.

목불과 천제강은 채 한 시진이 되지 않아 다시 절벽 위로 올라왔다. 그리고 정천사자들이 보는 앞에서 북두회가 있는 명화산을 향해 전서구를 날렸다.

적풍은 동쪽으로 날아가는 전서구들이 완전히 사라지자 고개를 돌려 우마에게 신호를 보냈다.

그러자 우마가 이끄는 십자성 비마대와 천무맹의 고수들이 절벽 위에서 서서히 물러나기 시작했다.

천무맹의 고수들이 물러나자 이제 절벽 위에는 다시금 정천사자들만이 남게 됐다.

그러자 목불이 타파에게 물었다.

"그들을 믿소?"

"……?"

"천무맹 말이오."

"믿소."

타파가 망설이지 않고 대답했다. 그러자 목불이 나직하게 고개를 저으며 말했다.

"십자성은 그 정체가 불분명하고, 혈궁은 천하 사도의 종주, 야문은 강호의 음지에서 음흉한 귀계를 꾸미는 무리요.

그 밖에 천무맹에 든 문파 중 정파의 이름을 가진 문파가 몇이나 되오? 아마 한 손으로 꼽기에도 부족할 거요. 그런 문파들이 모인 곳이 천무맹이요. 그런 세력의 약속을 믿는단 말이오?"

목불의 지적대로 그가 말한 문파들은 하나같이 강호인들이 신뢰할 수 없는 문파들이었다. 그러나 그럼에도 불구하고 타파는 다시 목불의 예상과 다른 대답을 내놨다.

"그래도 그들을 믿소."

"허허, 참으로 알 수 없는 노릇이구려. 강호의 오랜 명문인 북두회 육가는 믿지 못하면서 어떻게 속을 알 수 없는 문파들이 모인 천무맹은 믿는단 말이오?"

목불이 이해할 수 없다는 표정을 지으며 다시 물었다.

"이유는 단 하나요. 우리가 믿는 것은 천무맹이 아니라 천무맹주이기 때문이오."

"십자성주 말이오?"

"그렇소."

"어떻게 그에 대해 확신할 수 있소?"

"글쎄… 이유를 말하라면 뭐라 대답하기 어렵구려. 하지만 세상에는 그런 사람이 있지 않소? 그냥 아무 이유 없이 믿음이 가는 사람 말이오. 그분이 우리에겐 그러한 분이시오."

그날부터 기이한 동행이 시작됐다.

북두회의 원정대가 이동하는 길을 중심으로 정천사자들이

감시하듯 산을 타며 따라갔다.

천무맹 고수들은 어디로 갔는지 더 이상 모습을 보이지 않았다. 그러나 북두회의 고수들은 알고 있었다. 언제든 그들이 다른 선택을 하는 순간, 다시 천무맹의 고수들이 자신들 앞에 나타날 것이라는 사실을.

제5장
새로운 물결

고생으로 말하자면 북두회 고수들에 비해 정천림과 천무맹 고수들이 더 심했다.

　승리한 자들의 길이 더 고생스러운 것이 이상한 일이기는 하지만 상황을 보면 이해할 수 있는 일이었다.

　북두회 고수들은 산과 계곡을 따라 난 길을 이동했다.

　반면 그들을 감시해야 하는 천무맹과 정천림의 고수들은 길이 없는 산비탈이나 능선으로, 그것도 북두회 고수들의 일정에 맞춰서 움직여야 했다.

　본래 적을 감시하기 위한 여정이었으나 사정을 모르는 사람이 본다면 외려 북두회 고수들을 호위하는 것이라고 착각할 수도 있는 상황이었다.

그러나 어쨌든 승리한 자의 마음은 즐겁다. 몸은 피곤해도 정천사자들의 여정에는 생기가 넘쳐흘렀다.

그리고 미처 여정의 끝에 도달하기도 전에 한 마리 전서구가 적풍의 손에 들어왔다.

그리고 그 전서의 내용이 일행을 북두회 고수들로부터 자유롭게 만들었다. 아니, 정확하게는 북두회 고수들이 적풍 일행으로부터 자유로워졌다.

전서구를 통해 먼저 연락을 받은 사람은 우마였다.

당연한 일이다. 북두회로부터 풀려난 신혈족을 마중하는 일을 맡은 것이 천무흑룡선이기 때문이었다. 전서구를 보낸 사람도 당연히 천무흑룡선의 선주 장강 이무기 도진이었다.

이제는 하룻밤 쉬어 갈 때가 되었다고 생각되는 저녁 무렵이었다.

산 위에서 석양이 물들어가는 것을 보고 있던 적풍을 향해 우마가 뛰어왔다.

"만났답니다."

우마의 말에 적풍보다 먼저 정천사자들이 그를 향해 몰려들었다.

"정말이오? 모두 무사하다 하오?"

타파가 급히 우마에게 물었다.

"모두 백여든둘, 맞소?"

우마가 되물었다.

"맞소이다. 아! 정말 풀려났구나!"

비록 북두회 육가의 수장들이 약속한 일이지만, 식솔들이 정말로 풀려났다는 소리를 들은 정천사자들의 감격은 이루 말할 수 없었다.

개중에는 아직 이 상황이 믿겨지지 않아 자신의 살을 꼬집는 자도 있었다.

"천의비문의 의원들은?"

적풍이 뒤늦게 우마에게 물었다.

"그들 역시 모두 풀려났답니다."

"잘됐군."

적풍이 만족한 듯 고개를 끄떡였다. 그러고는 다시 무심하게 시선을 돌려 석양에 물든 하늘을 바라봤다.

"어디, 어디 좀 봅시다!"

마음 급한 조어장이 무례한 줄 알지만 우마에게 전서를 보여달라고 청했다.

우마는 이 순박한 박투술의 대가에게 웃으며 전서를 넘겼다.

사실 우마에게도 이 일은 남의 일이 아니었다. 친구 구왕을 통해 한 마을에서 살던 사람 몇몇이 살아 있다는 것을 확인했기 때문이다.

그들도 아마 오늘 풀려난 백여든두 명의 신혈족 사이에 섞여 있을 것이다.

"오늘은 이곳에서 숙영한다. 더 이상 저들을 따르지 않는다. 대신 천무맹에 사람을 보내 계획한 일을 진행한다. 저들이 명화산에 들어가 반격을 하기 전에!"

적풍의 흥분한 사람들 속에 섞여 있는 우마에게 말했다. 그러자 우마가 얼굴에서 웃음기를 지우며 대답했다.

"알겠소, 형님!"

"난 잠시 다녀올 곳이 있다."

"어딜 말입니까?"

"그건 나중에 말해주마. 내일 아침까지는 돌아올 것이다!"

적풍이 그 말을 남기고 바위 위에서 훌쩍 신형을 날렸다. 그러자 그의 모습이 순식간에 장내에서 사라졌다.

백발이 어둠 속에서 신비롭게 빛났다. 유취려는 천의비문의 의원들이 준비한 나무 의자에 등을 기대고 앉아 밤하늘을 즐기고 있었다.

모든 것이 편안한 밤이다. 북두회는 멀어졌고, 적풍과 그의 수하들은 북두회로부터 멀어졌다. 그건 곧 그들이 원하는 것을 얻었다는 의미이다.

적풍이 원하는 것을 얻었다면 거기엔 천의비문이 원하는 것도 포함되어 있으리라.

북두회에 억류되어 있던 의선들은 곧 비문에 복귀할 것이다. 그럼 천의비문은 다시 새롭게 시작할 것이고, 그 이후에는 세월이 모든 것을 해결해 줄 수 있을 것이다.

물론 천의비문이 다시 무림의 신비지문이 되어가는 과정을 그녀가 볼 수 있을지는 알 수 없었다.

그녀의 나이 벌써 여든을 향해 가고 있다. 사람의 수명이 정해진 것은 아니지만 민가에서 팔십 넘은 노인은 반 귀신 취급하는 것이 상례 아니던가.

하지만 어쨌든 상관없었다. 오늘 이후에도 천의비문에 고난이 없을 거라 장담할 수는 없지만 그것은 지금까지의 고난과는 다르리란 것을 유취려는 확신하고 있었다.

이유도 몇 가지 있었다.

그러나 그 모든 이유 중 오직 하나를 꼽으라면 한 사람의 변화 때문이다.

유천궁, 천의비문의 당대 문주로 강호에는 심약하고 나약한 인물로 알려진 그 유천궁의 변화가 바로 유취려가 믿는 바였다.

의원의 손을 버리고 마인의 손을 얻은 자. 그런 인물이 비문의 주인인 이상, 세상 그 어떤 문파도 천의비문을 함부로 겁박하지는 못할 것이다.

그리고 굳이 꼽으라면 또 한 가지 이유가 있기는 하다.

"그 아이… 누구와 닮은 것 같소?"

문득 유취려가 입을 열었다. 그러자 한쪽에서 깊은 상념에 빠져 있던 유천궁이 퍼뜩 정신을 차리고 되물었다.

"누구 말입니까?"

"하(河)의 아들."

"음, 글쎄요. 얼핏 보면 그를 더 닮은 것 같지만 자세히 보면 하(河)의 모습이 더 많이 보이더군요."

"역시 그렇지요? 문주께서도 그리 보셨구려."

"하지만… 그렇다고 해도 우리와는 인연이 없는 아이라 생각하십시오."

"물론 욕심을 내는 것은 아니오. 위험하기도 하고."

"아주… 아주 많이 위험하지요."

유천궁이 두 번이나 강조했다. 그럴 때는 예전 심약하던 과거의 모습이 보이는 것도 같았다.

"그렇기는 한데… 이상하게 마음이 놓이는구려."

"무슨 말씀이십니까?"

"왠지 그 아이는 그 아비와는 다른 길을 갈 것 같다는 생각이 들어요. 문주는 어찌 보시오?"

유취려의 얼굴에 미소까지 지어졌다.

"글쎄요. 나름 융통성이 있기는 하더군요. 하지만 무공으로는 아직 그와 견줄 수 없지요."

"그렇긴 하오. 그의 무공은 사실 사람의 것이라고 하기에는……."

유취려가 이미 세상에 없는 사람이지만 그래도 두려운지 살짝 몸을 떨었다.

"북두회가 천무맹을 공격할까요?"

유천궁이 화제를 돌렸다.

"그러고 싶겠지만 쉽지 않을 것이오."

"이번 일로 육가의 힘이 쇠잔한 것은 맞지만 육가의 뿌리는 든든합니다. 북산맹과 정천육문, 천마맹과 오대세가… 이들은 사실 무림 그 자체가 아닙니까?"

그러자 유추려가 고개를 저었다.

"그들 중 몇이나 모든 힘을 다해 북두회의 일을 돕겠소?"

"북두회가 그들에게 손을 내밀면 가능한 일 아닐까요?"

유천궁이 물었다.

그러자 유취려가 고개를 저었다.

"문주, 우리 천의비문이 어떤 일을 당했는지 벌써 잊었소? 우리가 북두회에 겁박을 당할 때 과거의 은혜를 생각해 우리 편이 되어준 자들이 얼마나 있소? 세상인심이란 그런 것이오. 일단 약세를 보인 쪽에 자신들의 생명을 내줄 문파는 없소. 더군다나 다른 문파들을 북두회에 받아들여도 육가는 여전히 우두머리 노릇을 하려 할 텐데, 그걸 다른 문파들이 용납하겠소?"

유취려의 말에 유천궁이 고개를 끄떡였다.

"하긴 그렇군요. 지금까지 북두회 육가가 제각기 각자의 파벌을 이끌면서도 북두회란 이름으로 자신들만의 회합을 만들어 천외천의 존재로 군림해 왔으니 다른 문파들이 선뜻 그들을 위해 피를 흘리지는 않겠지요."

"육가는 서서히 몰락할 거요. 물론 그들의 저력은 누구나 인정하는 것이니 멸문이나 봉문 같은 것은 하지 않겠지만, 더 이상 북두회의 이름으로 무림에 군림하지는 못할 것이오."

"하면 그 아이가……?"

"글쎄… 그건 모르겠구려. 그 아이의 마음이 어디에 있는지 모르니……."

유취려가 고개를 저으며 말했다.

이들은 적풍에 대한 이야기를 하고 있었다. 적풍이 천의비문을 외가로 두고 있다는 사실은 비문에서도 오직 이 두 사람만이 알고 있는 사실이었다.

"어쨌든 북두회가 굴복했으니 이제 당분간 천무맹의 시대가 도래하는 것은 정해진 수순이겠군요."

"그렇기는 한데……."

유취려가 말꼬리를 흐렸다.

"아닐 수도 있단 말인지요?"

"단 하나의 변수가 있소."

"어떤 변수 말입니까?"

"의천노공 우서한!"

"아!"

유취려의 말에 유천궁이 탄식했다. 그러고 보니 그는 이 무림에서 가장 중요한 인물을 간과하고 있었다.

의천노공 우서한이 나선다면 천하는 그를 중심으로 다시 한번 큰 싸움을 벌일 수 있었다. 그렇다면 천무맹이라 할지라도 절대 버텨낼 수 없을 것이다. 천하의 모든 문파가 그를 따를 것이기 때문이다.

"그가… 출도할까요?"

유천궁이 물었다.

"글쎄, 모르겠소. 무림의 고수들조차도 이제 그의 이름을 머리에서 잊고 사는 상황이니. 하지만 가능성이 아주 없는 것도 아니오."

유취려가 말했다. 그러자 유천궁의 표정도 어두워졌다.

"그렇지요? 역시 신혈의 피가……."

"묵안노 마한이 신혈족 통제에 실패했으니 어떤 식으로든 그가 움직이기는 할 거요."

"마한의 방법은 너무 지나쳤지요. 그게 오늘날 그가 실패한 이유기도 하고 말입니다. 전 사실 의천노공이 마한의 행보에 찬성한 것을 아직도 이해할 수 없습니다."

"검은 사자들의 출현이 너무 큰 충격이었을 것이오."

"그렇기는 하지만……."

유천궁이 고개를 끄떡였다.

"의천노공이 나선다면… 아! 그 아이의 행보가 어찌 될지……."

유취려가 나직하게 한숨을 쉬며 중얼거렸다.

그런데 그때였다. 문득 숲 저쪽에서 사람의 인기척이 느껴졌다. 유취려와 유천궁은 물론 두 사람의 대화를 들을 수 없는 거리에서 잠자리에 들어 있던 비문의 마의들이 자리를 박차고 일어났다.

저벅저벅!

나직한 발걸음 소리가 다가왔다. 그리고 한 사내가 숲에서 모습을 드러냈다.

"누구냐?"

유천궁을 따라 신의에서 마의의 길로 들어선 칠 인의 천의비문 문도 중 유탕이란 이름을 가진 중년 사내가 앞으로 나서며 불청객을 막아섰다.

그런데 그때 그의 등 뒤에서 유취려의 목소리가 들렸다.

"아는 사람이다. 길을 열어줘라. 그리고 너희가 잠시 수고를 해줘야겠다. 사방 백 장 안에 인적이 없게 하라."

유취려의 삼엄한 명령에 유천궁을 따르는 마의들이 의아한 표정을 지으면서도 명에 따라 사방으로 신형을 날렸다.

"어서 와라!"

유취려가 자리에서 일어났다. 반면 유천궁은 묵묵히 숲에서 나타난 사내, 초립을 눌러쓴 적풍을 바라보고 있었다.

적풍이 성큼성큼 걸어와 두 사람 앞에 섰다.

"뜻밖이구나. 네가 올 줄은 몰랐는데……."

유취려가 말했다.

그러자 적풍이 나직하게 대답했다.

"물어볼 말이 있어서……."

적풍의 말에는 감정이 섞여 있지 않아서 얼핏 들으면 살기가 느껴지는 듯도 했다. 그러나 유취려는 물론 유천궁도 지금에 와서 적풍이 자신들에게 살기를 흘릴 이유가 없다는 것을 알고 있었다.

"일단 앉자."

유취려가 말하자 적풍이 망설이지 않고 모닥불을 사이에 두고 두 사람 맞은편에 앉았다.

"요기는 했느냐?"

유취려가 다시 물었다. 외출했다 돌아온 손주에게 끼니를 묻는 할머니의 모습이다.

적풍이 가볍게 고개를 끄떡였다.

그러면서 적풍은 기이한 느낌을 받았다. 십자성의 성주이며 천무맹의 맹주, 그리고 신비협사 초립 천무객인 그에게 끼니 걱정이나 하고 있을 사람이 천하에 몇이나 있을까.

아마도 설루가 그럴 수 있는 유일한 존재일 것이다.

'번거롭구나. 핏줄이란 것은……'

적풍은 내심 생각했다.

그러나 사실 그것이 진심인지는 그 자신조차 알 수 없었다. 끼니를 걱정해 주는 유취려의 존재가 거추장스러운 것인지, 혹은 그 따뜻함이 그를 혼란스럽게 하는 것인지 자신도 알 수 없었다.

"몸은 어떻소?"

적풍이 유취려의 말에 대답하는 대신 그녀의 상태를 물었다.

"괜찮다."

유취려가 미소를 지으며 대답했다. 그래도 자신의 몸 상태를 걱정해 주는 마음이 있으니 천의비문과 완전히 의절하고 살 것 같지는 않다는 생각이 들은 모양이다.

"다행이구려."

적풍이 무심하게 말했다.

참으로 기이한 대화이다. 한쪽에선 계속 손주를 대하듯 하대를 하고, 한쪽에선 인연 없는 사람 대하듯 삭막한 말투가 이어졌다.

"후우!"

곁에서 두 사람의 모습을 지켜보고 있던 유천궁이 뭔가 답답한 듯 긴 한숨을 내쉬었다.

"뜻밖이구나."

유취려가 다시 말했다.

사실 그녀는 기대는 하고 있으면서도 설마 적풍이 스스로 자신들을 찾아올 거라고는 생각지 못하고 있었다.

"나와 함께 갑시다."

적풍이 뜬금없는 말을 했다.

"그게 무슨 소리냐?"

유취려보다 먼저 유천궁이 경계심을 드러내며 물었다.

"설루가 기다리고 있소."

유천궁의 물음에 대한 대답을 유취려에게 하는 적풍이다.

"루… 그래, 그 아이는 잘 있느냐?"

그제야 유취려는 자신이 설루의 안부조차 묻지 않았다는 것을 깨달았다.

"잘 있소."

"그 아이가 날 데려오라 했느냐?"

"데려오라고는 하지 않았소. 기다리고 있을 뿐이지."

"음……."

유취려가 나직한 신음 소리를 흘리며 눈을 감았다. 그녀에게는 두 가지 길이 있었다. 동해 월출산, 천의비문의 새로운 터전으로 가는 것, 아니면 적풍을 따라 설루에게 가는 것이다.

그러나 사실 이미 결론이 나 있는 일이기도 했다. 마음 같아서는 설루에게 가고 싶지만, 천의비문은 지금 그녀와 같은 노련한 인물이 반드시 필요한 시기였다.

특히 마의(魔醫)의 길을 택한 유천궁을 봐서라도 비문을 나몰라라 할 수 없는 상황이었다.

"나중에 보러 가겠다고 전하거라."

눈을 감고 있던 유취려가 나직하게 말했다.

"고모님, 감사합니다."

유천궁이 유취려가 월출산으로 가는 것으로 결정하자 감격한 표정으로 말했다.

파문 아닌 파문을 당한 문파, 스스로 떠나기는 했으나 그녀가 떠날 수밖에 없게 만든 천의비문이고 유천궁이었다.

그런데 이제 노구의 몸으로 다시 가문의 부흥을 위해 귀환을 결정했으니 유천궁으로서는 고마울 수밖에 없었다.

"비문이 없는 내가 무슨 의미가 있겠소."

유취려가 담담하게 말했다. 그러면서 적풍을 보며 다시 말했다.

"네게는 고맙구나. 동행을 청해줘서. 그리고 미안하구나. 함께 가지 못해서."

"괜찮소. 나야 상관없는 일이니까. 단지 루를 위해 의사는 한번 물어보고 싶었을 뿐이오. 그럼 잘들 가시오."

적풍이 자리를 털고 일어났다.

갑작스러운 그의 작별에 유취려와 유천궁이 모두 놀라 자리
에서 일어났다.

"벌써 가려느냐?"

유천궁이 말리듯 물었다.

"할 말은 다 했소."

적풍이 무심하게 대답했다.

사실 유천궁과 유취려는 모르고 있었다. 적풍이 이 자리에
오기까지 얼마나 많은 갈등과 인내심을 발휘한 것인지.

고통을 준 사람들은 그 기억을 쉽게 잊지만 당한 사람이 그
기억을 극복하는 것은 몇 배나 어려운 일이다.

"후우, 붙잡을 수도 없구나. 월출산이었다면 하루라도 잡아
두겠지만 이곳은……."

"조심해서 돌아가시오."

적풍이 그나마 만난 중 가장 부드러운 말투로 말했다.

"너 역시 조심하거라. 천하가 널 주시할 거야."

"어째든 상관없소. 하지만 그들은 날 보지 못할 거요. 단
지… 십자성을 볼 뿐이오."

"음, 세상에 네 본래 모습을 드러내지 않겠다는 거구나."

"그래 봐야 이득이 있겠소? 후후, 지금이라도 전마 적황의
아들이 살아 있다는 소문이 퍼지면 천하의 고수들이 십자성
으로 달려올 거요. 물론 그래 봐야 결국 자신들이 죽고 말겠

지만."

적풍의 말에 유취려와 유천궁은 새삼 적풍이 전마의 아들임을 떠올렸다. 이런 오만한 말을 오만하지 않게 할 수 있는 사람은 아마도 전마의 후손뿐일 것이다.

"그래도 조심하거라."

"가보겠소."

적풍이 가볍게 고개를 숙여 보이고 몸을 돌려 걸음을 옮겼다.

그런데 그는 채 십여 장도 가지 못해서 걸음을 멈춰야했다.

"누구냣?"

카캉!

갑작스레 터져 나온 외침과 병장기의 충돌음, 그 소리에 놀라는 것도 잠시, 이미 유취려와 유천궁은 소란이 일어난 방향으로 날아가고 있었다.

"오는 날이 장날이라더니… 젠장!"

적풍이 눈살을 찌푸리며 욕설을 내뱉고는 두 사람이 달려간 방향으로 천천히 걷기 시작했다.

*   *   *

"이것 봐. 우리 운이 그리 나쁜 것은 아니잖아?"

여인이라고 말해도 어색하지 않을 청년이 말했다. 그러자 그와는 전혀 상반된 얼굴을 하고 있는 거구의 사내가 대답했다.

"감히 소주께 대항해 검을 든 자는 하나라도 살려둘 수 없지요."

붉은 기운이 도는 사내가 그 덩치만큼 큰 도를 들며 중얼거렸다.

"아아, 흥분하지 말라고, 마군. 어쨌거나 우리에게 필요한 사람들이니까."

사내는 지왕종문에서 탈출한 우다문이었다. 붉은 기운을 뿌리며 살기를 드러낸 자는 염화마군 철륵이다.

서로 다른 시기에 성을 떠났지만, 비도가 이어진 위치는 한곳이기에 두 사람이 만나는 것은 어려운 일이 아니었다.

지왕종문을 탈출한 이들은 한동안 은신처에 몸을 숨기고 있었다. 즉시 대혈산을 떠나는 것이 더 좋은 선택이기는 했지만, 그들 모두 몸 상태가 좋지 않았기에 은신처에 숨어 몸을 회복하는 쪽을 택한 것이다.

그렇게 십여 일 동안 몸을 추스르고 난 후 우다문 일행은 지왕종문으로 돌아가는 것을 포기했다.

이미 북두회가 점령한 대혈산 지왕종문의 성(城)에는 그들을 따르던 수하가 하나도 남아 있지 않았다. 하물며 지왕삼장도 모두 죽은 마당에 그들을 따르는 자들이 있을 리 없었다.

해서 이들은 갈 곳을 정하지 못하고 무작정 대혈산을 떠나 중원으로 움직이던 중에 유천궁의 명으로 숙영지 주위를 감시하고 있던 천의비문의 마의들을 만난 것이다.

처음 천의비문의 마의 어린과 어신 형제를 만났을 때 우다문 등은 이들이 천의비문의 사람인 줄 몰랐다.

그러나 그 기도가 제법 특별하고 마침 자신들의 시중을 들 사람이 필요했기에 우다문 등은 포악한 본성을 발휘해 어린과 어신 형제를 압박했다.

북두회 고수라면 모를까, 깊은 밤 산중에서 노숙을 하는 자들이라면 그게 무인이든 아니든 상관할 바 없었다.

일단 굴복시키고 나면 얼마간 편히 세상을 여행할 수 있을 것이라 생각한 그들에게 망설임은 없었다.

그리고 그렇게 시작한 싸움은 그들의 의도대로 진행됐다.

어린과 어신 두 마의가 비록 천의비문의 숨겨진 독공을 수련했다고 해도 염화마군의 상대가 될 수는 없었다.

그들의 독은 염화마군의 몸에 닿기도 전에 그가 만들어내는 강력한 열기에 타버리거나 허공으로 흩어졌고, 대신 염화마군의 무지막지한 도가 그들의 생명을 위협했다.

어린과 어신 형제는 최선을 다해 염화마군의 공격을 막았지만 십 초가 지나지 않아 이미 몸에 적지 않은 부상을 입은 채로 겨우 나무 등걸에 의지해 서 있을 정도였다.

하지만 그들에겐 그 십 초의 시간이 아주 귀중하게 쓰였다.

그들이 염화마군 철륵과 싸우고 있는 동안 그 소리를 들은 천의비문의 문주 유천궁과 화수 유취려가 달려왔기 때문이다.

그런데 그들의 등장은 어린, 어신 형제에게만 좋은 일이 아니었다. 그들을 알아본 우다문의 얼굴에 화색이 돌았고, 그 기쁨을 염화마군에게 주절댔던 것이다.

반면 유천궁과 유취려의 얼굴은 딱딱하게 굳었다.

설마 이 산중에서 이자들을 만날 것이라고는 꿈에도 생각지 못한 두 사람이다.

더군다나 이들의 모습을 보니 이미 지난날 지왕종문에서 입은 내상을 모두 치료한 듯 보였다.

아직 몸이 불편해 보이는 사람은 오직 한 명, 우다문과 철특의 사오 장 뒤에 서 있는 한 팔이 잘린 모악뿐이었다.

그는 아직도 내상을 회복하지 못했는지 지왕종문에서보다 훨씬 쇠약해 보였다.

"어이, 화수! 우린 정말 인연이 깊은가 봐!"

당황하는 유취려를 보며 우다문이 넉살 좋게 지껄였다.

확실히 이 젊은 괴인은 생김새와 달리 특별한 성격을 지니고 있었다. 다른 사람 같았으면, 아니, 당장 염화마군 철특만 해도 유천궁과 유취려에게 살기를 폭발시키고 있었다.

그러나 우다문은 그들이 지왕종문에서 서로 목숨을 걸고 싸웠다는 사실을 잊은 사람처럼 유취려를 대했다.

"악연이구려!"

유취려가 탄식했다.

"무슨 소리! 악연이라면 우리 중 누군가는 벌써 죽었겠지. 하지만 당신은 날 살리고 난… 흐흠, 당신이 조금만 젊었으면 그랬어."

갑자기 우다문이 엉뚱한 소리를 했다.

"무슨 소릴 하고 싶은 거요?"

"그만큼 우리 인연이 특별하단 거지. 만약 당신이 조금만 젊었다면, 그러니까 한 사오십만 되었어도 내가 청혼을 했을 텐데 말이야."

"참으로 고약한 심성을 가지고 있구려. 이런 상황에서도 상대를 희롱하는 언사라니……."

유취려가 경멸하듯 말했다.

"희롱이라니? 설마 내 말을 장난으로 듣는 거야? 그럼 서운한데. 내 말은 진심이야. 난 사실 그대가 사오십만 되어도 좋겠어. 안 그래, 마군? 그럼 나랑 얼추 나이가 맞잖아?"

우다문이 마치 어린애처럼 염화마군 철륵에게 동의를 구했다.

"나이야 맞겠지만, 저렇게 사나운 노파를 어디에 쓰겠습니까?"

"마군은 정말 여자를 모르는군. 아무리 사나운 여자도 일단 혼인을 하고 나면 자기 남자에게만큼은 나긋한 법이라고. 물론 나와 같이 특별한 남편을 만나는 경우에는 더욱더 말이야."

"정말… 구제불능의 괴인이로다!"

유취려가 더 이상 우다문의 말이 듣기 괴로운지 고개를 저으며 한탄했다.

"낄낄, 걱정 마. 나도 지금의 당신을 품에 안을 생각은 없으니까. 그러고 보니 아쉽네. 당신의 그 제자… 설루라고 했나? 그 아이가 정말 괜찮았는데. 쩝, 그 아이를 취했다면 당신과 나는 좀 더 가까워질 수도 있었고 말이야."

순간 유취려가 자신도 모르게 뒤를 돌아봤다. 설루에 대한 이야기가 적풍에게 얼마나 민감한 문제인지 잘 알고 있기 때문이다.

적풍은 설루를 구하기 위해 단신으로 지왕종문에 뛰어든 사람이다. 그러니 설루를 희롱하는 듯한 우다문의 언사를 적풍이 용납할 리 없었다.

그런데 다행인지 불행인지 적풍의 모습은 어디에서도 찾아볼 수 없었다.

"후우!"

유취려가 깊은 한숨을 내쉬었다. 안도의 한숨인지 아쉬움의 한숨인지는 그녀 자신도 알 수 없었다.

지금 유천궁과 유취려, 그리고 일곱 명의 마의가 모두 합공을 하더라도 우다문과 염화마군 철륵을 이길 것이라고 장담할 수 없었다.

이런 상황에서 적풍은 천의비문에 큰 힘이 될 수 있었다. 아마도 적풍이라면 홀로 염화마군 철륵을 상대할 수도 있을 것이다.

그런데 그런 힘을 가진 적풍이 보이지 않았다. 설루를 희롱하는 말을 듣지 않은 것은 다행이나 간다는 말도 없이 사라진 것은 아쉬운 일이었다.

"화수, 그 아이는 어디 있지?"

우다문이 계속해서 설루를 입에 올렸다.

"그의 사람과 잘살고 있을 거요."

"그래? 조금 후회가 되네."

"뭐가 말이오?"

"종문에 있을 때 내 사람으로 만들걸 그랬어. 이상하게 그 아이가 보이지 않으니까 자꾸 생각나더라고. 마군, 내가 정염에 빠진 건가?"

이 엉뚱한 자의 물음은 염화마군 철륵조차도 당황시켰다. 그러나 철륵은 금세 사내의 물음이 결코 장난으로 한 말이 아니라는 것을 깨달았다.

"필요하시다면 언젠가는 데려오지요."

"그래주겠어? 역시 마군은 내 마음을 잘 알아."

우다문이 빙그레 미소를 지으며 말했다. 그의 미소를 보며 유취려는 소름 끼치는 거부감을 느꼈다.

참으로 기이한 자였다. 하는 말마다 상식에서 어긋나 있었지만 또 그가 말하면 그대로 될 것 같은 느낌이 들기도 했다. 그래서 더욱 꺼려지는 우다문이다.

"볼일 없으면 갈 길 가시오. 굳이 당신들을 막지는 않겠소."

유취려가 말했다.

지금 상황에선 최선의 선택이었다. 이들을 제압하려다가는 비문의 마의들은 물론 유취려와 유천궁조차도 생사를 장담할 수 없었다.

그러나 우다문은 절대 그냥 물러갈 생각이 없었다.

"그냥 갈 수는 없지. 내게 당신이 필요하단 걸 알고 있지 않은가?”

우다문이 고개를 저으며 말했다.

“열화지를 만들어 몸을 회복하는 일은 포기한 거요? 그 방법이라면 내가 없어도 될 텐데?”

“후후, 그러게 말이야. 참 아쉬워. 지왕종문에서 열화지를 거의 완성했는데 시험해 보니까 금세 몸이 좋아지더라고. 약간의 시간만 더 있었다면, 그랬다면 난…….”

우다문은 적풍이 설루 등을 데려간 이후 자신의 몸을 회복하고 그의 가문에 내려오는 절대의 힘을 얻기 위해 특별한 방책을 강구하고 있었다.

그는 염화마군 철륵에게 명해 기이한 모양의 석실을 준비했는데 화수가 들은 바로는 세상에서 가장 순수한 열기를 머금을 수 있는 석실이라고 했다.

보통 사람이 들어가면 즉사를 면치 못할 화기의 석실, 그 안에서 우다문이 백 일의 연공을 통해 새로운 사람으로 태어날 거라고 그녀를 감시하던 지왕종문의 수하 하나가 말했다.

물론 그가 그런 말을 한 것은 유취려를 협박하기 위함이었다.

우다문의 계획대로 일이 진행되면 더 이상 유취려가 필요 없을 테니 그때를 대비해 우다문과 염화마군 철륵에게 충성심을 보이라는 협박이 뒤따랐다.

그런데 그 특별한 석실이 완성 단계에 들어갔을 때, 북두회가 지왕종문을 공격한 것이다.

그것으로 우다문의 계획은 무산되고, 이렇게 다시 유취려가 필요한 몸이 되어 그녀를 잡아두려 하는 것이다.

"우릴 따라가겠다면 다른 자들은 보내주겠어. 날 죽이려 한 자이지만 말이야."

우다문이 유천궁을 응시하며 말했다. 순간 우다문의 눈에서 나온 뜨거운 안광이 유천궁의 동공을 파고들었다.

아마도 몇 달 전이었다면 유천궁은 우다문의 안광을 받아내지 못했을 것이다. 그리고 유취려를 이곳에 남겨두고 뒤로 물러나 우다문과 염화마군으로부터 도주했을 것이다.

그러나 지금은 아니었다.

그때의 유천궁은 우유부단한 의원일 뿐이었지만 지금의 유천궁은 마의(魔醫)였다.

"다시는 본 문의 사람을 데려갈 수 없다! 그게 누구라도!"

유천궁이 단호하게 말했다. 그의 두 손은 이미 소매 속으로 들어가 있었다.

"귀찮게 하는군. 물론 당신의 재주는 잘 봤어. 아주 특별했지. 욕심이 날 만큼. 그러나 당신의 그 독공은 마군을 상대해 낼 수 없어. 마군은 뜨거운 사람이라고. 만독의 숲도 거뜬히 여행할 만큼 말이야. 마군의 양강지기가 움직이면 당신의 독은 무용지물이야."

우다문이 경고했다. 그러나 유천궁 역시 한 걸음도 뒤로 물러나지 않았다.

"천의비문이 왜 가문이 몰락하는 와중에도 이 무공을 숨겼

겠는가? 그건 곧 이 무공이 세상 사람들의 눈에 띄지 않기를 바랐기 때문이다. 다시 도발한다면 오늘 지왕종문에서 본 것과는 전혀 다른 마의의 무공을 보게 될 것이다. 대혈산에선 북두회의 눈을 걱정했을 뿐이다."

유천궁의 말에 우다문의 눈이 반짝였다.

"그래? 이거 정말 보고 싶군. 그 무공을 보기 위해서라도 싸워봐야겠는데? 마군!"

"예, 소주!"

"수고해 주시오."

"알겠습니다."

"내가 필요한 사람이 누군지는 알 거요. 화수 말고는 다 죽여도 되오. 솔직히 정말 다 죽였으면 좋겠소. 요즘 돌아가는 상황이 날 너무 짜증 나게 해. 그런데 저런 것들까지 날 무시하니……."

"명대로 하지요."

지금까지와 달리 표독한 명을 내리는 우다문의 괴팍함에 천의비문 사람들이 혀를 두르고 있을 때 명을 받은 철륵이 앞으로 나섰다.

유천궁과 마주 선 철륵이 허공에 대고 대도(大刀)를 두어 번 휘둘러 도풍을 일으켰다.

우웅!

도가 짐승처럼 울부짖자 철륵의 몸 주위로 붉은 기운을 띤

도의 바람이 맹렬하게 일어났다.

"고마운 일이야, 요즘 참 우울했거든."

철특이 화풀이할 곳이 생겨서 다행이라는 듯 중얼거렸다.

그의 말에 천의비문 문도들은 두려움을 느꼈다. 어느새 장내로 몰려든 일곱 명의 마의가 유천궁의 뒤에 늘어섰다.

"시작해 볼까?"

철특이 도를 들어 유천궁을 겨눴다. 그러자 유천궁이 대답대신 소매 속에 넣고 있던 두 손을 꺼냈다. 그의 손에는 어느새 검은빛으로 물든 침이 여러 개 들려 있었다.

"던져 봐라!"

철특이 도를 까딱였다.

그러나 유천궁은 철특의 도발에 아무런 반응도 보이지 않았다. 그는 그저 독침들을 손에 든 채 철특을 바라볼 뿐이었다.

아마도 철특이 선공을 하기 전에는 먼저 공격할 의사가 없는 듯 보였다.

"기다린단 말이지, 그것도 좋다. 그러나 그래서 그대는 한 번의 기회를 잃은 거야."

철특이 신형을 날렸다.

그러자 그의 몸을 따라 붉은 기운이 그림자처럼 이어졌다.

콰아아!

허공으로 치든 철특의 도가 공기를 가르며 유천궁을 향해 떨어져 내렸다. 그러자 유천궁이 재빨리 삼사 장 뒤로 물러났다.

쿠웅!

유천궁이 피한 자리에 깊게 웅덩이가 파였다.

그런데 웅덩이가 만들어지면서 튀어 오른 흙이 철륵의 도를 따라 허공에서 회전하기 시작했다. 도에서 흘러나온 붉은 기운이 흙 무리를 노을처럼 붉게 만들었다.

그리고 한순간 철륵의 도가 재차 유천궁을 향해 뻗어 나갔다. 순간 유천궁의 손도 움직였다.

파파팟!

유천궁의 손을 벗어난 독침들이 눈에 보이지 않는 속도로 철륵을 향해 날아갔다.

한순간 철륵의 도가 방향을 틀어 횡으로 움직였다. 그러자 철륵을 향해 날아오던 독침들이 흙 무리에 막혀 사방으로 튕겨 나갔다.

그러나 한 번의 공격이 실패했다고 의기소침할 유천궁이 아니었다. 유천궁의 눈에 녹색 기운이 감돌았다. 그러자 그의 손에 연한 녹색의 진기 덩어리가 등불처럼 생겨났다.

퍼펑!

유천궁이 연이어 다섯 번이나 독장을 쳐냈다.

유천궁이 쳐낸 독장이 철륵을 따라 움직이는 흙 무리에 부딪치자 굉음이 터져 나오면서 흙 무리가 사방으로 흩어졌다.

그러자 유천궁의 뒤에 도사리고 있던 마의들이 기다렸다는 듯이 철륵을 향해 독침을 쏟아냈다.

쐐애액!

소낙비가 내리는 것처럼 철륵을 향해 독침이 쏟아졌다.

순간 철륵의 눈에서 폭염이 터지듯 불꽃이 일어났다.

"쥐새끼 같은 것들!"

철륵이 노성과 함께 일어난 화기에 휩싸여 그의 몸이 더 이상 사람들의 눈에 보이지 않게 되었다.

그리고 사람이 사라진 곳에서 한 덩어리의 불덩이가 생겨났다.

제6장
두 개의 신검

적풍은 어둠 속에서 화인(火人)으로 변한 철륵의 양강지력에 독침들이 불꽃을 일으키며 타버리는 것을 지켜보고 있었다.

생사를 건 싸움이 아니라면 참으로 장관이었다.

염화마군 철륵의 무공은 무서웠다. 그것이 무공인지, 타고난 신력인지는 알 수 없었으나 염화마군 철륵은 그를 향해 날아드는 모든 독침을 뜨거운 열기로 태워 버렸다.

그러나 천의비문 마의들도 독하기는 마찬가지였다. 그들의 손에선 끊임없이 독침이 흘러나왔다.

대체 그 많은 독침을 어디에 숨겨두고 있었는지 의문일 만큼 마의들은 쉬지 않고 독침을 던져 댔다.

더 무서운 사람은 천의비문의 문주 유천궁이었다.

그는 더 이상 독침을 쓰지 않았다. 대신 그는 일곱 명의 마의와 어우러져 철륵의 주위를 돌며 철륵이 독침을 태워 버리기 위해 거대한 도를 휘두를 때마다 그 허점을 공격하고 있었다.

유천궁의 손에 모이는 녹색의 독장은 마의들의 독침과는 비교할 수 없을 만큼 강한 독성을 지니고 있었다.

마의들의 독침을 남김없이 태워대는 철륵의 양강지력도 간혹 유천궁의 독장에 뚫릴 때가 있을 정도였다.

그렇게 독이 자신의 방어막을 뚫고 들어오면 철륵은 어쩔 수 없이 뒤로 물러났다.

연후 독장의 기운이 흩어지면 다시금 마의들을 향해 돌진하는 철륵이었다.

싸움은 쉽사리 승부가 날 것 같지 않았다.

놀라운 일이었다.

검은 사자들의 시간 이후 줄곧 천하인들의 압박에 시달리며 몰락한 천의비문에 당대 천하제일인을 다투는 염화마군 철륵을 상대할 능력이 있다는 것을 믿을 사람은 거의 없을 것이다.

그 광경을 직접 자신의 눈으로 보기 전에는.

"지루해!"

문득 적풍의 귀에 우다문의 목소리가 들렸다.

하지만 이 싸움은 절대 지루한 싸움이 아니었다. 온몸을 불태우듯 강렬한 양강지력을 뿜어내는 철륵, 그리고 그런 절대고수를 맞아 대등한 싸움을 벌이고 있는 천의비문의 마의들, 무림 고수라면 밤새워서라도 보고 싶은 싸움이었다.

그러나 우다문은 쉽사리 승부가 나지 않는 싸움이 지루한 모양이었다. 아니, 정확히는 초조할 거라고 적풍은 생각했다.

아마도 주변 십 리 안에 누군가 들어온다면 이 싸움을 절대 그냥 지나칠 수 없을 것이다.

그들이 만들어내는 거친 소리도 그러하거니와 염화마군 철륵이 일으키는 양강지력의 붉은 기운은 밤이라면 십 리 밖에서도 보일 것이기 때문이다.

그래서 누군가 이 싸움을 목격하고 이곳으로 달려온다면 불리한 것은 우다문 등이었다. 더군다나 그 누군가가 북두회의 고수라면 더더욱 위험한 일이었다.

스룽!

우다문이 검을 빼 들었다.

그러자 그의 손에서 한 자루 검이 요기롭게 빛났다. 순간 적풍은 자신도 모르게 사자검을 잡아갔다.

우웅!

사자검이 검집 속에서 요동쳤다.

'뭐지, 이 두 놈?'

적풍이 자신의 손에서 요동치는 사자검을 억누르며 생각했다.

우다문의 검에 감응하는 사자검의 반응은 절대 예사로운 것이 아니었다. 이건 마치 천적을 만난 야수의 울부짖음 같았다.

'귀찮게 되었군.'

적풍이 사자검을 잡은 채 우다문을 보며 불평했다.

우다문은 어느새 치열한 접전이 벌어지고 있는 싸움을 향해 다가서고 있었다.

그리고 그가 철륵과 마의들이 싸움에 접근할수록 그의 손에 들린 검이 용광로에서 방금 달궈진 쇠처럼 영롱한 붉은색을 띠기 시작했다.

적풍은 본능적으로 깨닫고 있었다. 우다문의 손에 들린 저 괴검을 상대할 것은 자신의 사자검밖에 없다는 것을.

그리고 한편으로는 우다문의 검에 대한 욕심도 생겨났다. 우다문의 검은 패도는 몰라도 물욕은 없는 적풍에게조차 본능적인 탐욕을 끌어 올리는 물건이었다.

"후우!"

적풍이 한숨을 내쉬고는 천천히 나무 뒤에서 걸어 나왔다.

붉게 물들어 있던 우다문의 검이 갑자기 차갑게 식었다. 막 철륵을 공격하는 마의들을 향해 몸을 날리려는 찰나였다.

그의 개입에 몸이 성치 않은 유취려까지 싸움에 나설 준비를 하고 있던 그 순간 갑자기 우다문이 검에 깃들어 있던 진기를 흘려 버린 것이다.

"또 너냐?"

우다문이 허탈한 표정으로 물었다.

어느새 장내에 나타난 적풍이 사자검을 들고 우다문을 응시하고 있었다.

"가지 않았느냐?"

유취려가 놀란 표정으로 적풍에게 물었다.

"재밌는 녀석이더군요."

적풍이 우다문을 턱으로 가리키며 말했다. 물론 그것으로 적풍이 떠나지 않고 남아 있는 이유가 모두 설명되는 것은 아니었다.

그러나 어쨌든 유취려에게는 적풍이 남아 있는 것 자체가 중요했다. 당장 힘이 필요한 때이기도 하고, 또 얼추 적풍의 속마음을 짐작할 수 있기 때문이었다.

적풍이 은연중에 천의비문을 걱정하고 있다는 것, 그건 곧 적풍도 내심으론 천의비문을 자신의 외가로 인정한다는 뜻이 아니겠는가.

"어린 녀석이 정말 버르장머리가 없어."

우다문이 중얼거렸다. 유취려에게는 반가운 사람이지만 우다문에게는 최악의 조우다.

"너보단 어른인 것 같은데?"

적풍이 우다문을 응시하며 말했다.

누가 봐도 적풍의 말에 동의할 것이다. 우다문의 고운 살결, 천진해 보이기까지 한 얼굴은 아무리 많이 잡아줘도 스물다섯을 넘기지 못한 나이로 보였다.

"젠장! 내가 좀 어려 보이기는 하지. 그러나 친구, 내 나이 올해로 오십이야. 물론 믿기 어렵겠지만."

우다문의 말에 적풍이 우다문의 얼굴을 다시 한 번 빤히 바라봤다. 그의 얼굴에서 세월의 흔적을 찾아내려 함이다.

그러나 우다문의 그 고운 얼굴에는 어떤 세월의 흔적도 남아 있지 않았다.

"관 속에 누워 있어서 그런 건가?"

적풍이 혼잣말처럼 중얼거렸다.

"아니, 본래 우리 가문의 피가 그래. 뭐, 조금 특별하지."

"신혈족이라고 했나?"

생각해 보면 좋은 기회였다. 이들의 비밀을 푸는 것으로 신혈의 피에 대한 기원을 알 수도 있을 테니까.

"이골마족을 말하는 거야? 그거라면 비교하지 마. 기분 나쁘니까. 그 잡종들은… 흐흠, 이거 미안하군. 너같이 대단한 친구도 있는 혈통인데. 하지만 뭐 잡종은 잡종이지."

"신혈족에 대해 많이 알고 있군."

"너보다야……."

"좋아, 그것으로 됐다."

"무슨 소리야?"

"너희들을 잡아야겠단 소리지. 그래서 알아봐야겠어. 신혈의 피에 대해서 말이야. 그 노인네는 절대 말해주지 않을 테니까."

"노인네? 누구?"

"있어, 그런 늙은이가. 자, 어떡하겠나? 순순히 날 따라가겠느냐, 아니면……."

적풍이 사자검을 들어 올렸다.

순간 사자검이 다른 때보다도 더 영롱한 묵빛 기운을 드러냈다.

"아이고, 이거 정말 창피해서. 고귀한 열화지왕의 후계자가 이런 모욕을 당하다니……."

"분노를 푸는 방법은 하나지."

적풍이 사자검을 까딱이며 우다문을 도발했다.

그러자 우다문이 잠시 적풍을 바라보다 피식 웃음을 흘렸다. 그러고는 잠시 거둬들인 진기를 다시금 자신의 검에 몰아넣기 시작했다.

우우웅!

우다문의 검이 울음을 토해내자 검신이 붉게 변하기 시작했다.

그때 갑자기 뒤쪽에 물러나 있던 모악이 앞으로 달려 나오며 소리쳤다.

"소주! 싸우실 때가 아닙니다!"

"그럼 도망가라고?"

우다문이 모악을 돌아보며 물었다.

"소주, 지금 소주께선……."

모악이 말꼬리를 흐렸다. 차마 우다문의 몸이 정상이 아니라는 소리를, 그 몸으로는 적풍과 같은 고수를 상대할 수 없다는 말을 할 수는 없는 모양이었다.

그러나 말을 하지 않아도 우다문은 모악이 하려는 말이 무엇인지 알고 있었다.

"이봐, 법사."

"예, 소주!"

"우리 정말 오랜 여행을 했지?"

"왜 그런 말씀을 갑자기……"

모악이 불안한 시선으로 우다문을 보며 되물었다.

"저 녀석 어때?"

우다문이 다시 엉뚱한 소리를 했다.

"예?"

모악이 되묻자 우다문이 붉게 변한 검을 들어 적풍을 가리 켰다.

"저 녀석 말이야."

"그는… 강한 자입니다."

모악이 진심으로 말했다.

"그렇지? 그럼 법사의 새 주인으로 손색이 없겠지?"

"소주, 그게 무슨 말씀이십니까?"

모악이 놀란 눈을 부릅뜨며 물었다.

"법사의 꿈이 우리의 꿈과 다르다는 것은 알고 있어. 현월문 에 대한 분노, 그게 법사를 우리에게 오게 한 것이니까. 그러 니까 충성심 같은 걸 기대할 이유도 없지. 법사, 난 이 여행이 이 제 지겨워. 어떤 식으로든 결론을 내야 한다는 생각이 자꾸 든 단 말이야. 그래서 더 이상 도망 따위는 가지 않으려고. 애초에 우리 신화지혈의 사람들에게 도주는 어울리지 않았어. 이젠 앞을 막는 모든 것을 태워 버리겠어. 그게 누구든 말이야. 그러다 죽어도 상관없고. 그 시작이 저 친구야."

우다문의 얼굴에서 장난기가 사라졌다. 그의 눈이 적염으로 물든 채 적풍을 바라봤다.

"그 일은 몸을 회복하신 후에……."

모악은 여전히 우다문의 결정에 반대했다.

"나도 알아. 이 싸움에서 내가 질 수도 있다는 걸. 하지만 약한 상대를 골라 시작하려 한다면 이미 실패한 것이나 다름없어. 그래도 난 이 싸움의 승패를 반반으로 봐. 절반이면 족한 것 아냐? 어차피 사는 게 그러니까. 그래서 하는 말인데… 혹시라도 내가 죽으면 저 친구를 따라가라고."

"절대 그런 일은 없습니다."

"거절만 할 일이 아니야. 저놈이 날 이긴다면 법사의 꿈을 이뤄줄 능력이 있다고 봐야지 않겠어? 그리고 난 법사가 다른 놈들보단 날 이긴 놈을 선택하는 것이 좋아. 그런 놈 말고 누가 법사의 새로운 주인 자격이 있겠어."

"소주, 떠나야 합니다."

모악이 다시 권했다. 그의 표정이 애절할 정도이다.

"됐어, 결정은 났어. 여기부터 다시 시작한다. 아니면 모든 것이 끝나든지. 절반의 도박! 어때, 친구?"

우다문이 적풍을 보며 소리쳐 물었다.

그러자 적풍이 사자검을 몇 차례 손에서 굴리며 중얼거렸다.

"너 같은 친구는 사양이야."

공격은 적풍이 먼저 시작했다. 그의 발이 땅을 차는 순간 사자검은 어느새 우다문의 아미를 노리고 파고들었다.

"역시 마음에 들어! 망설이는 법이 없어!"

우다문이 붉게 물든 검을 들어 사자검을 쳐내며 소리쳤다.

콰릉!

두 개의 검이 부딪치는 순간 천지를 뒤흔드는 꽝음이 일어났다. 그리고 두 개의 검이 마치 혈육을 만난 듯 콱 붙은 채 움직이지 않았다.

그건 검의 주인들도 마찬가지였다. 두 사람의 거리가 한 자 안쪽으로 들어왔다.

검게 변한 적풍의 눈과 붉게 물든 우다문의 눈이 서로를 응시했다.

적풍은 사자검이 자신의 기운을 빨아들이는 듯한 느낌을 받았다. 처음 사자검을 쥐었을 때의 그 기분 나쁜 경험이 다시 떠올랐다.

그가 검의 주인이 아니라 검이 자신의 주인인 것 같은 느낌이었다. 그러나 그것도 잠시, 신력을 최대치로 끌어 올리자 사자검이 다시 그의 힘에 순응했다.

반면 우다문은 붉은 기운 속에서 잘게 흔들렸다. 아직 몸이 완전하게 회복되지 않은 우다문은 힘에서는 결국 자신이 적풍을 이겨낼 수 없음을 깨달았다.

"젠장!"

우다문이 욕설을 한마디 내뱉고는 몸을 뒤로 물렸다.

그러나 적풍은 그런 우다문을 놓아주지 않았다. 그는 우다문의 검에 사자검을 붙인 채 계속해서 우다문을 밀어붙였다.

그그긍!

검과 검의 마찰 소리가 신음처럼 일어났다. 우다문의 얼굴이 더욱 벌겋게 달아올랐다.

한순간 우다문이 적풍의 공격을 견디지 못하고 몸을 틀었다.

지잉!

두 개의 검이 맞닿은 채 두 사람의 몸이 회전했다. 회전력을 이용해 우다문이 재빨리 적풍에게서 멀어졌다.

두 사람 사이에 공간이 생겨나자 우다문이 맹렬하게 검을 휘둘렀다.

화르르!

우다문의 검에서 마치 불이 일어나듯 붉은 기운이 일어나 적풍을 덮쳤다.

적풍이 그 열기를 감당하지 않고 훌쩍 몸을 피했다. 우다문의 붉은 검기가 그의 바로 앞에서 어른거렸다.

적풍이 재빨리 사자검을 머리 위로 올린 후 훌쩍 허공으로 치솟아 오르며 그대로 우다문의 검을 내려찍었다.

쩌저적!

적풍의 검에서 벼락 치는 듯한 소리가 일어났다.

진천벽력검법이다.

우다문의 검이 만들어내는 붉은 기운이 파도 갈리듯 좌우로 갈라졌다. 그러자 우다문의 검이 붉은 검신을 드러냈다.

사자검이 먹이를 덮치는 맹수처럼 우다문의 검과 다시 격돌했다.

쩡!

두 개의 검 사이에서 바위가 깨지는 소리가 터져 나왔다. 그러나 두 검 중 어느 것 하나 상한 것은 없었다.

단지 둘 사이에서 검은 기운과 붉은 기운이 폭죽처럼 터져 나갈 뿐이었다.

그리고 또 한 번 적풍의 강력한 공격을 견디지 못한 우다문이 대여섯 걸음 뒤로 물러난 후 겨우 신형을 세웠다.

"이거 창피해서……."

우다문이 뒷다리에 힘을 줘 뒤로 밀리는 몸을 세운 후 혀를 내밀어 입술을 축이며 중얼거렸다.

그의 얼굴에는 정말로 참기 힘든 굴욕의 감정이 떠올라 있었다.

"결국 밑천을 드러내게 만드네!"

우다문이 불편한 표정을 지으며 검을 자신 앞에 세웠다. 그러자 그의 전신에 붉은 기운이 감돌더니 그 기운이 그의 검으로 몰려가는 듯한 움직임을 보였다.

"소주! 안 됩니다!"

적풍과 우다문의 싸움이 워낙 격렬해서 어느새 자신의 싸움을 멈춘 염화마군 철륵이 화들짝 놀란 표정으로 소리쳤다.

그러자 우다문이 붉은 기운 속에서 담담하게 대답했다.

"어쩔 수 없어. 원기를 쓰지 않고 상대하기엔 이 애송이가 너무 강해. 죽으면 어쩔 수 없고, 다행히 애송이를 벤다면 법사와 함께 다시 날 깨워!"

우다문이 알 수 없는 말을 뱉어내고는 적풍을 향해 다가들기 시작했다.

적풍은 자신이 일생 최고의 난적을 만났다는 것을 직감했다. 어쩌면 의천노공 우서한보다 더 상대하기 어려운 자일 수도 있었다.

무공 고하는 묻어두고라도 이자는 자신의 목숨을 걸고 싸우는 자였다. 그런 적을 상대할 때는 자신의 목숨도 내걸어야 한다.

'의미가 있나?'

문득 그런 생각이 들었다. 싸움을 끝내고 이대로 보내준다 해도 큰 손해는 없다.

그러나 다음 순간 마치 나약한 자신을 질책하듯이 그의 마음 깊은 곳에서 투지가 꿈틀대기 시작했다.

'역시 피할 싸움이 아니야.'

이 싸움이 갖는 의미 같은 것은 중요한 것이 아니었다. 단지 지금은 신혈의 피가 만들어내는 이 뜨거운 투지를 싸움을 통해 소진해야 할 시간이었다.

비록 그것이 그 자신의 몰락을 가져온다 해도 이 싸움을 거부하면 가슴속에서 용솟음치는 전의가 그를 폐인으로 만들어

버릴 것 같았다.

우웅!

사자검이 싸움을 재촉한다. 아니면 화인으로 변한 우다문이 그의 바로 앞까지 다가온 것을 경고하는 것인지도 몰랐다.

적풍은 한순간 신혈의 기운을 폭발시켰다. 어깨뼈가 탈골되듯 움직이며 검은 기운이 그의 등을 타고 올랐다.

그렇게 검은 기운에 휩싸인 적풍이 사자검을 들어 우다문을 쳤다.

쩌엉!

우다문의 검과 사자검이 다시금 격돌했다.

처음 싸움이 시작될 때와 비슷한 모습이다. 그러나 적풍은 그때와는 완전히 다른 상황이라는 것을 알고 있었다.

사자검을 통해 느껴지는 우다문의 기운은 그가 지금껏 경험하지 못한 것이었다.

강함을 넘어선 열기가 적풍의 심장을 태워 버릴 것 같았다. 어떻게 사람의 몸으로 이런 열기를 만들어내는지 불가사의한 일이었다.

그러나 그렇다고 이 싸움을 포기할 수도 없었다. 여기서 검을 거두면 그 즉시 죽음이다.

적풍도 자신의 모든 힘을 터뜨렸다.

그그긍!

검과 검의 마찰음이 소름 끼치게 흘러나왔다.

두 사람의 대결은 사람의 싸움이 아니라 야수의 싸움 같았다.

초식이 주를 이루는 강호인들의 싸움과는 너무나 달랐다. 그렇다고 진기 대결이라고 하기도 어려운 싸움. 이 싸움은 마치 저자에서 순수한 근력으로 싸우는 장사(壯士)들의 씨름 같았다.

"넌… 정말 내… 바닥을 보려 하는구나."

자신의 가공할 만한 극양진기를 견뎌내는 적풍을 보며 우다문이 중얼거렸다.

"몸이 회복되지 않았다는 말은 거짓말이었군."

적풍도 대답했다.

성치 않은 몸으로는 도저히 이런 힘을 낼 수 없다는 것이 적풍의 생각이다.

"내 몸이 회복되었다면, 그래서 내가 신화지기를 얻었다면 넌… 벌써 한 줌의 재가 되었을 거야. 그래서 하는 말인데, 한번 시도해 보려고."

"……?"

"신화지기를 쓸 수 있는지."

우다문의 말이 끝나는 순간, 그의 모습이 적풍의 눈에서 완전히 사라졌다.

우다문의 몸은 사람의 형태를 갖춘 불덩이로 변해 버렸다.

그리고 그 순간 적풍은 자신의 심장이 타들어가는 듯한 통증을 느꼈다. 우다문의 검에서 사자검으로 전해진 강력한 열기가 화살처럼 그의 심장에 꽂혔다.

'죽나?'

한순간 적풍의 마음속에 죽음에 대한 생각이 떠올랐다.

우다문의 화기에 노출된 심장이 터질 듯이 요동쳤다. 당장에라도 산산이 찢어져서 그의 몸속에서 폭발할 것 같은 느낌이다.

"크앗!"

그런데 그 절체절명의 순간 적풍의 입에서 괴수의 포효 같은 목소리가 터져 나왔다.

그러자 어디에 숨어 있었는지 강렬한 기운이 그의 심장으로 몰려들어 타는 듯한 열기를 밀어내기 시작했다.

순식간에 적풍의 심장에서 우다문의 열기가 밀려났다. 그리고 그 순간 거짓말처럼 승부가 끝났다.

'뭐냐?'

적풍은 마치 자신이 허깨비와 싸운 듯한 착각에 빠졌다.

그의 잠력이 우다문의 기운을 심장에서 밀어내는 순간, 우다문의 그 뜨거운 극양진기가 뒤로 밀려나는 것이 아니라 한순간에 사라져 버렸기 때문이다.

쿵!

그리고 거짓말처럼 우다문이 그의 발아래 무너져 내렸다.

'이자가 미쳤나?'

적풍이 갑작스러운 상황에 당황하면서도 본능적으로 사자검을 거꾸로 들어 우다문의 목을 치려 했다.

"흐… 날… 깨워. 듣고 싶은 말이 있다며……. 피곤하네. 하……."

적풍의 검이 자신의 목에 꽂히려는 순간 우다문이 힘겹게 고개를 들어 적풍을 보며 중얼거리고는 그대로 정신을 잃었다.

적풍의 검이 우다문의 목 위에서 부르르 떨렸다. 마음을 정하기 힘들었다. 이대로 이자의 숨을 끊을지, 아니면 살려서 그에게서 듣고 싶은 말을 들을지 결심이 서지 않았다.

"놈!"

적풍이 망설이는 바로 찰나의 순간, 염화마군 철륵이 우다문을 구하기 위해 적풍을 향해 광풍처럼 달려들었다. 자신의 안위 따위는 상관치 않는 공격이었다.

순간 적풍은 우다문을 상대로 끌어 올린 신력을 쓸 곳을 찾았다. 이대로 신력을 거둬들이기에는 뭔가 아쉽던 마음을 염화마군 철륵이 풀어주는 듯했다.

"고마운 일이지."

적풍이 나직하게 뇌까리며 사자검을 틀어 노도처럼 밀려드는 철륵을 찔렀다.

웅!

사자검이 포효했다. 순간 사자검으로부터 뻗어 나간 묵빛 검기가 그대로 염화마군 철륵에게 꽂혀갔다.

쿠앙!

무모하게 달려들던 철륵이 이를 악물며 적풍의 검기를 막았다. 그러나 급히 방향을 튼 도로 적풍의 강력한 검기를 막아내는 데는 한계가 있었다.

콰릉!

강력한 충돌음이 터져 나오는 순간 염화마군 철륵의 몸이 허공으로 붕 떠오르더니 사오 장 뒤로 날려가 땅 위를 굴렀다.

"쿡!"

철륵이 두어 바퀴 땅을 구른 후 재빨리 도를 땅에 꽂아 몸의 중심을 잡았다. 사자검의 기운에 당한 철륵은 연신 입으로 피를 흘리며 비틀거렸다.

그리고 그의 눈이 급격하게 감기기 시작했다.

"소주… 소주께 위해를 가한다면 내 너를 절대 용서치 않을… 음!"

정신을 잃는 와중에도 소주 우다문을 위해 경고하던 철륵이 갑자기 고개를 꺾었다.

죽은 것은 아니고 단지 정신을 잃은 것이었다. 그리고 그 이유는 적풍의 공격 때문이 아니라 어느새 그의 뒤로 다가온 법사 모악이 그의 마혈을 짚었기 때문이다.

"다시 찾아오겠다! 그땐… 오늘과 다르리라!"

철륵의 혈도를 짚어 그를 잠들게 한 모악이 한 팔로 거구의 철륵을 번개처럼 둘러메고 어둠 속으로 도주하며 소리쳤다.

"쫓아!"

유천궁의 명이 떨어지자 천의비문의 마의들이 모악을 추격하기 시작했다.

기이하던 한밤의 싸움은 끝났다.

적풍은 철륵을 부여안고 달아난 모악에겐 별 관심이 없었다.

지금까지의 행보로 보았을 때, 천의비문의 마의들이 그를 잡아올 가능성은 거의 없었다.

무공이 부족해도 뛰어난 두뇌가 그를 마의들로부터 자유롭게 할 것이다.

그건 지금 적풍이 추격을 시작해도 마찬가지 결과일 것이기에 적풍은 굳이 모악을 추격하지 않았다.

대신 그는 아주 대단한 녀석을 낚아내지 않았는가.

"죽지는 않겠소?"

어느새 다가와 우다문의 상태를 살피고 있던 유취려에게 적풍이 물었다.

"음, 다시 예전의 상태로 돌아간 듯하구나. 청옥관에 잠들어 있던 그 시간으로 말이다. 아니, 그때보다 더 깊은 잠에 빠졌다고 할까?"

"깨울 수 있소?"

"지금은 쉽지 않다. 많은 준비가 필요하지."

"혹 그들이 할 수 있겠소?"

적풍이 다시 물었다.

"누가 말이냐?"

"루와 날 따라온 천의비문의 의원들 말이오."

"그들은 어디 있느냐?"

유취려도 설루와 천의비문의 의원 셋이 적풍과 함께 있다는 것은 이미 알고 있었다. 유취려가 묻는 것은 그들이 있는 장소였다.

"그들은 잘 있소."

적풍이 모호하게 대답했다. 절대 신곡의 위치를 말할 생각이 없는 적풍이다.

이들이 아무리 자신과 인척이라 해도 북십자성, 신곡의 위치는 함부로 말해줄 수 없었다.

"우릴 못 믿는 것이냐?"

유취려가 서운한 표정을 지으며 다시 물었다.

"사람을 믿을 수 있소?"

적풍이 차가운 눈으로 유취려를 보며 되물었다. 순간 유취려는 적풍이 아주 이질적으로 느껴졌다.

그녀에게 적풍은 그가 아무리 무례하게 굴어도 손주조카였다. 적풍이 보이는 반감 역시 과거에 대한 원망 같은 것으로 이해할 수 있었다.

그런데 지금 사람을 믿을 수 있느냐고 묻는 적풍은 지금까지와는 전혀 다른 느낌으로 유취려에게 다가왔다.

자신들에 대한 분노라면 그 속에는 혈육에 대한 정이 내재되어 있게 마련이다. 보통 그 정이 분노를 더욱 상승하게 만들기도 한다.

그런데 지금 사람을 믿을 수 있느냐고 묻는 적풍의 표정은 차가웠다. 이건 분노가 아니었다. 정말 사람에 대한 믿음이 사라진 자의 눈빛이었다. 그 안에서는 혈육에 대한 어떤 정이나 분노도 찾아볼 수 없었다.

'아비와 닮았구나, 이제 보니.'

유취려는 순간 전마 적황을 떠올렸다.

자신의 목적을 위해 아이를 가진 아내를 미련 없이 떠날 수 있는 자. 그때 유하를 떠나던 적황의 눈빛이 바로 이러했다.

"믿을 수 없겠지."

유취려가 한숨을 쉬며 대답했다.

"다시 말하지만 그들은 잘 있소. 억지로 잡아두는 것도 아니오. 그들 스스로 택한 일이오. 천의비문으로 보자면 다른 뿌리를 하나 더 심었다고 생각하면 좋을 거요."

"나쁘지 않지, 이 난세에."

유취려가 무심하게 중얼거렸다. 그녀는 사실 적풍에게서 본 적황의 모습이 너무 충격적이어서 이 대화를 끌고 갈 흥미조차 달아나 버리고 없었다.

그런 그녀의 변화를 눈치챘을까. 적풍이 물끄러미 유취려를 응시하다 다시 무심하게 물었다.

"루와 그들이 이자를 깨어나게 할 수 있겠소?"

그러자 유취려가 대답했다.

"시간이 걸릴 것이다. 많은 준비도 해야 하고. 이젠 봉황침을 쓸 수도 없으니."

"봉황침은 뭐요?"

"비문의 비기다."

"그들에겐 없소?"

"없다."

"그럼 더 구할 수는 없소?"

이번에는 적풍이 유천궁을 보며 물었다. 천의비문의 비기라면 유취려보다 유천궁과 이야기하는 것이 빠르다고 판단한 것이다.

"난 이제 봉황침을 다루지 않는다."

유천궁이 우울한 얼굴로 대답했다.

"있기는 한 거요?"

"월출산 비고에 세 개가 남아 있기는 하지."

"줄 수 있소?"

"불가하다. 그런 자를 깨우기 위해 겨우 세 개 남은 봉황침을 소모할 순 없다. 그 봉황침은 마치 씨앗과 같은 것이다. 그것들이 없으면 더 이상 봉황침을 만들 수 없을지도 모른다. 차라리 그를 죽여라. 그자는… 살려두면 결국 화근이 될 자 같구나."

유천궁이 냉정하게 말했다.

"난 이자가 필요하오. 아니, 정확히는 이자의 입이 필요하지."

"그자에게서 뭘 알고 싶은 것이냐?"

유천궁이 물었다.

"이자가 대체 어디서 왔는지 그 내력을 알아야겠소."

"왜 굳이 그걸 꼭 알려 하느냐?"

"그래야 신혈의 피가 어떻게 생겨났는지 알 수 있을 것 같기 때문이오."

"결국 그걸 알고 싶은 거구나."

유천궁이 나직하게 중얼거렸다.

그러자 유취려가 달래듯 말했다.

"세상에 자신의 혈통의 기원을 정확히는 아는 사람은 아무도 없다. 씨족의 기원은 결국 전설과 설화로 꾸며진 이야기일 뿐이다. 우리 천의비문 역시 마찬가지. 그를 깨운다고 신혈족의 기원을 알 수 있겠느냐? 설혹 그 기원을 안다 한들 그게 지금에 와서 무슨 소용이란 말이냐?"

"내겐 소용이 있소."

"뭘 얻기 위함이냐?"

"얻기 위함이 아니라 살기 위해서요."

"살기 위해?"

"대단한 적이 하나 있소. 그를 상대하려면 신혈의 피가 어떻게 시작된 것인지 알아두는 것이 좋소."

"대체 그가 누구란 말이냐? 묵안노 마한?"

"그따위 간교한 인간과는 비교할 수 없는 자요."

"대체 누구와 싸우려는 거냐?"

"…의천노공!"

순간 유취려와 유천궁의 얼굴이 돌처럼 굳었다. 빙하에 묻혀 얼어버린 사람들처럼 그들은 굳은 얼굴로 적풍을 바라봤다.

"그와 싸우려면 월문과 신혈족의 관계를 알아야 하오."

적풍이 다시 말했다.

"설마… 복수심이냐? 네 아비에 대한?"

유취려가 서늘한 표정으로 물었다.

"날 버리고 간, 보지도 못한 아버지의 복수를 할 만큼 인정이 많지는 않소."

"그럼 왜 그와 싸우려는 것이냐? 그가 어떤 사람인지 모르느냐?"

"아주 잘 알고 있소. 그래서 싸우려는 거요."

"대체 왜?"

"그가 존재하는 한 나와 신혈족은 영원히 그의 굴레에서 벗어나지 못할 것이기 때문이오. 그는 언제든 다시 신혈족에 대한 피의 사냥을 시작할 수도 있소."

"그 일은 북두회가 주도한 일이다. 그는 검은 사자들이 멸한 이후 강호를 떠났어."

"정말 그렇게 생각하는 것이오? 그가 그동안 전혀 강호의 일에 관여하지 않았다고 말이오?"

"물론 묵안노가 월문의 사람이긴 하지만……."

유취려가 말꼬리를 흐렸다.

사실 그녀 스스로도 자신이 없었다. 월문의 사람인 묵안노 마한이 북두회를 주도했다. 그러니 아무리 강호를 떠나 있었다 해도 그 월문의 주인인 의천노공 우서한이 무림과 아무런 연관이 없다고 말할 수 있을까.

당장 북두회를 움직여 세상일에 관여하는 묵안노의 행보 역시 의천노공 우서한의 동의가 없다면 불가능한 일이었을 것이다.

그러니 결국 우서한은 어떤 식으로든 강호에 관여하고 있다고 볼 수 있었다. 이골마족을 추살해 온 일까지.

"하지만 그래도 그는 너무 강한 상대다. 넌 그를 잘 몰라."

유취려의 말에 적풍이 우다문을 들고 일어서며 말했다.

"아니오. 아마 세상에서 내가 그를 가장 잘 알지도 모르오."

"십자성을 움직여 조사한 정도로 그를 안다고 말하는 것이냐?"

유취려도 적풍이 십자성주임을 알고 있었다.

유천궁과 함께 지왕종문에서 나온 이후 그들의 주요 관심사는 적풍이었기 때문이다.

그래서 유취려는 적풍이 알고 있다는 의천노공 우서한에 대한 정보가 십자성의 조사에 의한 것일 거라 생각한 것이다.

"십자성은… 내가 의천노공과 싸울 수 있다는 것도 모르오."

"그럼 대체 네가 그에 대해 어떻게 안단 말이냐?"

유취려가 의아한 표정으로 물었다.

그러자 적풍이 훌쩍 신형을 날리며 말했다.

"날 강호로 보낸 사람이 바로 그요. 그만 가겠소. 이곳을 떠나면 개봉으로 가시오. 그 근처에서 사대의선을 만날 수 있을 것이오."

말이 끝나기도 전에 우다문을 든 적풍의 신형은 어둠속으로 사라지고 없었다.

그러나 적풍이 사라지는 것을 보고도 유취려와 유천궁은 만류하거나 그를 잡을 수 없었다.

너무 충격적인 말을 들은 그들은 잠깐 동안 아무것도 할 수 없었다. 그들이 정신을 차린 것은 적풍이 떠나고 한참 후, 모악과 염화마군 철특을 추격해 갔던 마의들이 돌아왔을 때였다.

"문주님!"

돌아온 마의 중 우두머리 역할을 하는 유탕이 허탈한 시선으로 밤하늘을 바라보고 있는 유천궁을 불렀다.

그제야 정신을 차린 유천궁이 물었다.

"그자들은?"

"놓쳤습니다."

"그 큰 덩치를 안고 도주하는 외팔이를 놓쳤단 말인가?"

유천궁이 언짢은 표정으로 물었다.

"기이한 자였습니다."

"기이해?"

"술법을 쓰는 것 같기도 하고 축지를 하는 것 같기도 하고……."

"그게 무슨 요사스러운 말인가? 강호에 축지의 술을 쓰는 자가 나타난 적이 있는가? 그건 다 말 좋아하는 자들이 만들어낸 허구일 뿐이야."

"하지만 그자의 움직임은 그랬습니다. 눈앞에 따라잡힐 듯하다가 갑자기 모습을 감추고, 이후에는 수십 장 밖에 나타나 도주하는 일이 반복되었습니다. 그러다 결국……."

"흔적을 따라갈 수도 없던가?"

"발자국도 십여 장에서 길게는 오십여 장까지 이어지지 않을 때가 많아서… 그래서 축지의 술을 생각한 것입니다."

"세상에 땅을 좁히는 일 따위는 있을 수 없네. 요사스러운 사술을 쓰는 모양이군. 하긴 그자라면 가능하지."

두 사람의 말을 듣고 있던 유취려가 말했다.

"재주가 많은 자인가 보군요."

유취려가 한동안 그를 보고 지냈다는 사실을 깨달은 유천궁이 물었다.

"비밀이 많은 자였소. 적으로는 참 상대하기 까다로운 자요. 더군다나 그는 사실 그 소주 우다문이라는 자나 염화마군 철륵과 뿌리도 다른 듯했소. 그들을 충성심으로 따르는 것이 아니라 외려 그들을 이용하려 하는 자랄까."

"그랬습니까?"

유천궁이 놀란 얼굴을 했다. 지왕종문 내부에 그런 사정이 있는 줄은 몰랐던 것이다.

"아무튼 이제 우리도 이곳을 떠납시다. 일단 개봉으로 가서 그 아이의 말대로 사대의선이 북두회로부터 풀려났는지 그걸 먼저 확인해야 할 것이오."

"그렇지요, 그렇게만 된다면야······."

유천궁의 두 눈에 생기가 돌기 시작했다.

제7장
천하의 물길이
천무맹으로 향하다

"어이!"

천룡문의 고수 오방이 손을 흔들며 소리쳤다. 그러자 멀리 강 위에 떠 있던 배에서 같은 소리가 나더니 이내 방향을 틀어 오방이 소리치는 곳으로 다가오기 시작했다.

오방이 가파른 산비탈과 이어진 강변 위쪽 바위에서 연신 손을 흔들어대다가 배가 자신의 위치를 확인한 것을 보고는 훌쩍 몸을 날려 바위 뒤쪽으로 내려섰다.

그가 내려선 산비탈을 타고 수십 명의 고수가 지친 몸으로 줄지어 앉아 있었다.

그리고 개중엔 얼마 전까지, 아니, 어쩌면 지금도 천하의 주인을 자처할 수 있는 여섯 명의 절대자도 섞여 있었다.

"문주, 배가 왔습니다."

오방이 지친 기색이 역력한 천룡문주 흑제 오릉에게 다가서며 말했다.

"누가 왔는가?"

"넷째가 왔습니다."

"음, 그래서 이렇게 빨리 왔군."

"마침 낙양에 나와 있던 모양입니다."

"다행이군."

흑제 오릉이 고개를 끄떡였다. 그러고는 고개를 돌려 육가의 주인들을 보며 물었다.

"본 가의 배가 온 모양이오. 같이 가실 분 계시오?"

오릉의 물음에 소림의 월명이 대답했다.

"신세 좀 집시다."

"신세라뇨. 가는 길에 숭산이 있으니 당연히 모셔야지요."

"고맙소이다."

월명이 그 와중에도 정중하게 합장을 했다.

"다른 분들은 어쩌시려오?"

가문의 배가 도착했다는 소리가 들리자 그나마 천룡문주 오릉은 힘이 나는 모양이었다.

"그런데 정말 이대로 흩어지는 거요?"

문득 당문의 문주 당호가 육가의 주인들을 돌아보며 물었다. 그러자 가뜩이나 힘이 빠져 있던 장내의 분위기가 더욱 어두워졌다.

"이대로 흩어지면 언제 다시 우리가 명화산에 모이겠소? 우리가 명화산에 모이지 못한다면 북두회는 더 이상……"

당호가 말꼬리를 흐렸다.

그러자 천산노조 현위가 물었다.

"하면 당가주께선 어찌하면 좋겠소?"

"다 함께 명화산으로 가는 것은 어떻소? 각 파에 기별을 넣어 더 많은 고수를 불러옵시다. 그렇게 명화산을 근거로 단단하게 세력을 만들어놓은 연후에 육가가 속한 각 파벌의 문파들을 북두회로 부르는 것이 좋지 않겠소?"

당호가 육가의 주인들에게 동의를 구했다.

그러자 자하산장의 장주 몽중도가 한숨을 쉬며 말했다.

"후우, 지금이야 그 방법이 상책이기는 하나 모두들 본가 걱정에 명화산으로 갈 엄두가 나지 않는 것 아니오. 언제 어느 때 염화마군이, 아니면 천무맹이 우리 육가의 본산을 공격할지 모르는 상황이니……"

"그렇다고 흩어진다면 북두회는 이대로 와해될 수도 있소."

당호가 냉정하게 말했다.

"이렇게 하면 어떻겠소?"

소림의 월명이 입을 열었다.

"말씀하십시오, 대사!"

당호가 반가운 표정으로 말했다.

"일단 먼저 각 파의 본처로 돌아가지 않을 수는 없소. 이번에 일어난 일을 각 파의 문도들에게 자세히 전하고 향후의 대책을 설명해 줘야 혼란이 없을 것이오. 전서 한 장으로 간단히 설명할 일은 아니지 않소?"

"그렇기는 하지요. 그런데 제가 정작 궁금한 것은 그 향후의 대책이란 것입니다. 대사께선 어떤 고견을 가지고 계신 겁니까?"

당호가 다시 물었다.

"상황이 위급하다고 무리수를 두면 절대 이 난국을 타개할 수 없소. 급할수록 돌아가야 한다고, 지금 우리에게 가장 중요한 것은 각 파가 속한 세력을 단속하는 일일 것이오. 일단 각 문파로 돌아가 내부를 단속한 후 각자가 속한 파벌의 문파들을 직접 방문해 그들을 설득하도록 합시다. 그래야만 그들이 움직일 거요. 이전처럼 명화산에 앉아서 그들을 부른다면 아마 단 하나의 문파도 움직이지 않을 것이오."

"맞소이다, 대사의 말이 맞소. 지금 중요한 것은 강호의 인심이 천무맹으로 향하는 것을 막는 것이오. 시간과 공을 들여야 하는 일이니 서둡시다."

남궁세가의 가주 남궁천이 월명의 말에 동조했다. 그러자 육가의 우두머리들이 저마다 고개를 끄떡여 월명의 말에 동의했다.

"한 달의 시간을 둡시다. 한 달 후 명화산에서 다시 만나도록 합시다. 물론 설득한 제 문파의 고수들도 함께 말이오. 그렇게 명화산에 모여 북두회가 새롭게 태어났음을 천하에 알릴 수만 있다면 북두회는 여전히 무림의 태산북두로 존재하게 될 것이오."

월명이 단호하게 말하고 자리에서 일어났다. 어느새 천룡문의 배가 강기슭에 도착해 있었다.

육가의 가주들이 저마다 자리에서 일어났다. 앞으로의 계획이 서자 그들의 얼굴에도 그나마 생기가 돌았다.

인생사 위급함이야 언제나 있는 일이다. 단지 그 위급함을 해결할 방책이 없을 때 사람들은 절망하게 된다. 그런데 오늘 이들은 월명의 혜안으로 방책을 얻었으니 다시금 생기를 되찾게 된 것이다.

"배가 왔다! 모두 배에 올라라!"

천룡문주 흑제 오릉이 명을 내리자 천룡문의 고수들이 분주히 움직여 배에 오르기 시작했다.

"소림의 제자들도 배에 오르라. 숭산까지 천룡문의 배를 타고 움직인다."

월명이 소림의 승려들에게 명하자, 단정한 자세로 월명의 지시를 기다리고 있던 소림승들이 일제히 일어나 천룡문의 배에 올랐다.

"그럼 우린 이만 가보겠소! 모두 무운을 비오!"

천룡문과 소림의 문도들이 배에 오르자 월명이 다른 사가의 주인들에게 합장을 했다.

"부디 평안히 가시기 바랍니다, 대사!"

사가의 주인들을 대신해 남궁천이 월명에게 작별을 고했다.

"부디 명화산에서 다시 볼 때는 오늘의 수모를 회복할 수 있기를 바라겠소! 모두 최선을 다합시다!"

혹제 오릉이 다부진 표정으로 말하고는 신형을 돌려 배를
향해 걷기 시작했다.

소림과 천룡문의 문도들을 태운 배는 빠른 물살을 타고 황
하의 작은 지류를 따라 내려갔다.

배가 멀어지자 남아 있던 네 가문의 주인들은 잠시 공허한
침묵에 빠졌다. 그러자 천산노조 현위가 일부러 활기찬 목소리
로 말했다.

"자, 우리도 이제 길을 떠납시다."

"그럽시다! 할 일이 적지 않으니!"

남궁세가의 가주 남궁천도 큰 소리로 대답했다.

그렇게 네 가문도 삽시간에 각자의 갈 길로 흩어졌다.

지왕종문을 멸문시킨 대원정의 마지막치고는 참으로 빈약한
헤어짐이었다.

*　　　　*　　　　*

흑룡선이 빠르게 물살을 가르고 있다.

적풍은 선실에 앉아서 탁자 위에 올려놓은 두 자루 검을 바
라보고 있었다.

하나는 자신이 의천노공 우서한으로부터 받은 전왕의 검이
라는 사자검이고, 다른 하나는 얼마 전 우다문을 제압하며 얻

은 검이다.

"이 묘한 놈들을 대체 누가 만들었단 말인가?"

적풍이 두 개의 검을 내려다보며 곤혹스러운 표정으로 중얼거렸다.

다른 모습을 한 검이지만, 분명 한 사람이 만든 검이 분명했다.

이유는 둘. 모습과 성질이 다른 두 놈이지만 묘하게도 그 이질적인 기운들이 잘 어우러졌다. 마치 한쪽이 다른 한쪽의 부족함을 보완해 주는 듯한 기분이 들 정도였다.

하지만 그런 감정적인 이유 말고 다른 분명한 이유가 있었다. 그건 검의 손잡이 뒷면에 새겨진 하나의 글 때문이었다.

하긴 그것을 글이라고 말할 수 있을지는 알 수 없었다. 적풍이 글을 모르는 것은 아니었으나, 검 손잡이에 새겨진 갑골문 비슷한 문양을 글로서 해독할 수는 없었다.

하지만 어쨌거나 두 검에 새겨진 그 문양, 혹은 글은 정확하게 일치했다.

그건 곧 두 개의 검이 한 사람 손에서 만들어진 것이란 의미다.

이 기이한 두 개의 검을 만든 자는 화공이 자신의 그림에 낙관을 찍듯 검의 손잡이에 이 문양들을 새겨 넣었을 것이다.

그의 이름일 수도 있고, 혹은 그 자신을 나타내는 특별한 의미를 지닌 문양일 수도 있었다.

하지만 어쨌거나 그 문양의 존재는 두 개의 검이 한 뿌리에서 나왔다는 것을 의미했다.

"대단한 자가 분명해. 세상이 이런 장인이 있을까 싶을 정도로."

적풍이 중얼거렸다.

사실 이 두 개의 검을 만든 자가 동일인이라는 사실은 선뜻 믿기 어려웠다.

천부적인 재능을 지닌 장인이라도 사자검 같은 신검 하나를 만드는 데 평생의 시간을 보내야 할 것이기 때문이다.

그런 검을 두 개나 만들었다.

그건 곧 이 검들을 만든 자가 보통의 장인이 아니란 의미였다.

"어쩌면 엄청난 고수였을 수도……."

간혹 무림의 고수 중에 스스로 병기를 만들어 사용하는 자들이 있었다. 자신의 내공과 기감에 맞는 병기를 갖는다는 것은 무인에겐 수십 년의 수련을 더하는 것과 같은 효과를 낼 수 있기에 무인들은 병기에 대해 특별한 애착을 갖게 마련이다.

그래서 오직 자신만을 위한 병기를 스스로 만드는 절대고수들이 간혹 있었던 것이다.

"그 노인은 알고 있을까?"

문득 의천노공 우서한이 떠올랐다.

그라면 이 검들의 내력을 알 수 있을지도 모른다. 그런데 의천노공 우서한을 떠올리는 순간 문득 적풍의 눈살이 찌푸려졌다.

"곧 날 찾아오겠군."

적풍이 두 개의 검에서 시선을 떼고 자리에서 일어났다. 그리고 창을 열어 강바람을 방 안으로 끌어들였다.

이제 곧 우서한이 그를 찾아올 거란 사실은 분명했다.

우서한이 세상에 그를 내보낸 이유는 지왕종문과 북두회 때문이었다. 그 두 개의 절대 세력 중 한 곳이 무림의 패권을 차지하는 것을 막기 위해 강호삼분의 책략을 주고 적풍을 뇌옥에서 풀어준 의천노공이었다.

그런 이유에서라도 이제 의천노공 우서한으로부터 어떤 식으로든 연락이 올 때였다.

지왕종문은 멸문했고, 북두회는 승자의 저주에 걸려 그 세력이 크게 약화되었다.

이제 천하는 천무맹, 정확히는 적풍의 십자성으로 힘의 균형이 급격하게 기울어지고 있었다.

북두회 고수들과 헤어진 것이 겨우 열흘 전이지만, 벌써 하루가 멀다 하고 천무맹에 귀속하길 원하는 문파의 사자들이 천무맹의 임시 본거지인 황하변 천무성으로 날아들고 있었다.

그리고 그 전서들은 즉시 적풍에게로 보내졌다.

그 문파 중에는 육가가 이끄는 세력들, 북산맹과 정천육림, 그리고 오대세가와 천마맹에 속한 문파들도 있었다.

이대로 천하의 정세가 이어진다면 곧 천무맹은 강호의 유일무이한 패자로 등극하게 될 터였다.

적풍은 의천노공 우서한이 이런 상황을 그대로 두고 보지는 않을 거라 생각하고 있었다.

"내가 의도한 바가 아니라고 생각할 수도 있지만 어쨌든 견제하려 들겠지."

의천노공 우서한은 북두회의 강호 제패조차도 용납하지 않은 사람이다. 그런 그가 적풍의 천무맹이 강호를 손에 넣는 것을 용납할 리 없었다.

"어쩔 거요, 늙은이?"

적풍이 의천노공이 앞에 있는 것처럼 중얼거렸다.

그러다가 문득 다시 두 개의 검으로 시선을 돌렸다. 그의 눈에서 강렬한 투기가 솟구쳤다.

"이 두 녀석이라면 그를 상대해 낼 수 있지 않을까?"

적풍이 중얼거리면서 두 개의 검을 들었다.

우우웅!

마치 적풍의 기운에 반응하듯 사자검이 웅웅거렸다. 그런데 이상하게도 우다문의 검은 기대보다 그 반응이 미약했다.

우다문의 그 강력한 양강지공을 버텨내고 오히려 그 힘을 배가시킨 신검의 반응치고는 실망스러운 것이었다.

"역시 그자의 특별한 기운에 감응하나 보군."

사자검이 신혈의 힘에 반응하듯 우다문의 검 역시 그의 손에 있을 때 특별한 힘을 내는 것일 수도 있었다.

"그럼 계획이 틀어지는데……."

적풍이 혀를 찼다. 애초에 이 두 개의 신검을 이용해 의천노공 우서한을 상대하려 하던 계획은 이렇게 되면 가능성이 크게 줄어든다.

"후우, 그래도 뭐 조금은 도움이 되겠지. 이놈에 대해 더 알아볼 수도 있고."

애초에 계획에 없던 병기다. 그러니 나빠진 것은 없었다.

"성주님!"

문득 문밖에서 적풍을 부르는 소리가 들렸다.

"들어오시오."

적풍이 검을 갈무리하며 말했다. 그러자 문이 열리면서 천무흑룡선의 선주 장강 이무기 도진이 들어왔다.

"무슨 일이오?"

"그들이 보입니다."

도진이 조금 흥분한 표정으로 말했다.

"무사한 것 같소?"

적풍이 담담하게 되물었다.

"이미 북두회에서 굴복한 일입니다. 변수가 있을 수 없지요."

도진의 말에 적풍이 고개를 끄떡이고는 걸음을 옮기기 시작했다.

"만나봅시다!"

선실에서 나오자 천무흑룡선에 타고 있던 모든 사람이 이미 갑판으로 나와 있었다.

그중 가장 흥분한 사람들은 역시 정천사자들이었다.

천무흑룡선에 정천사자들을 모두 태울 수는 없어서 다른

배 한 척을 더 준비해 정천사자들을 태운 후 천무흑룡선을 뒤따르게 하고 있었지만 정천사자들을 이끄는 네 명의 우두머리 중 타파와 소두괴는 흑룡선에 타고 있었다.

두 사람은 적풍이 선실에서 나오자 급히 허리를 숙여 적풍을 맞았다. 완전한 복종의 표시. 천무흑룡선에 타고 있는 천무맹의 고수들조차도 이들이 적풍을 대하는 극진한 태도가 의아할 정도였다.

"너무 걱정들 마시오. 모두 무사하다니."

적풍이 긴장한 듯한 두 사람을 보며 말했다.

"그래도 두 눈으로 얼굴을 보기 전에야……."

소두괴가 연신 혀로 입술을 적시며 말했다. 그는 갑작스레 찾아온 이 행운들이 한편으로는 두려운 모양이었다.

"기다려 봅시다."

적풍도 소두괴의 마음을 이해하고 담담하게 대답했다.

두 사람이 다시 배의 난간으로 다가가 고개를 쭉 빼고 다가오는 배를 응시했다.

"허이!"

물길을 거슬러 올라오는 배가 가까워지자 흑룡선 위의 누군가가 크게 소리를 질렀다.

그러자 다가오는 배 쪽에서도 소리가 들려왔다.

"허이허이!"

장강의 뱃사람들이 강 위에서 인사를 나누는 이 방식은 천무흑룡선에 타고 있는 장강 이무기 도진의 수하들의 신호이기도 했다.

그렇게 서로 신호를 주고받은 양쪽 배가 급격하게 가까워졌다. 급기야 두 배에 타고 있던 사람들의 얼굴이 보일 정도로 근접했을 때, 반대편 배에 타고 있던 신혈족들의 입에서 타파와 소두괴를 부르는 소리가 터져 나왔다.

"아저씨! 저예요! 모광!"

"두괴 아저씨, 나도 왔어요!"

여인과 노인들은 눈물을 삼키고 울음을 억눌렀다.

그러나 아이들은 달랐다. 아이들은 당장 물로 뛰어들 것처럼 타파와 소두괴를 반겼다.

그러자 소두괴가 짐짓 엄한 목소리로 소리쳤다.

"이놈들아! 조심해! 그러다 빠진다! 이곳은 물살이 세서 빠지면 아저씨도 구해줄 수 없어!"

"에헤! 웬걸요? 분명히 아저씨가 구해줄걸요!"

아이들이 자신 있게 소리쳤다.

정천사자로서는 강호에 큰 두려움을 주는 존재들이지만, 신혈족의 아이들에게는 한없이 너그러운 존재들이었다. 아이들에게서는 타파와 소두괴에 대한 두려움을 전혀 느낄 수 없었다.

"이래서 내가 항상 말하는 거야. 그냥 놓아두면 우린 참 유순한 일족이라고 말이야. 저게 어디 싸움꾼의 모습인가?"

적풍이 중얼거렸다.

그러자 어느새 적풍 곁으로 다가온 우마가 말했다.

"형님, 그건 좀 아닌 것 같은데요?"

"아니라고?"

"솔직히 형님이나 저나 싸움터에 나서면 흥분하잖아요."

"그런가?"

적풍의 생각에도 전장에서 그가 느끼는 자유로움을 고려하면 그의 피가 결코 유순한 것은 아닌 듯했다.

"뭐… 사람마다 다를 수도 있죠."

"그럴 수도."

적풍은 이번에도 수긍했다. 지금 서로의 만남을 반기고 있는 저 아이들과 여인들, 그리고 노인들은 결코 싸움에서 쾌감을 느끼는 사람들일 수 없어 보였다.

"저도 가봐야 할 것 같아요."

"왜, 아는 사람이 보여?"

"예."

우마가 고개를 끄떡였다.

"그럼 가봐."

적풍이 허락하자 우마가 적풍을 지나쳐 배의 난간을 달려가며 소리쳤다.

"장삼 아재!"

우마의 외침에 건너편 배에 타고 있던 허름한 옷차림의 노인이 우마를 발견하고는 믿을 수 없다는 표정으로 되물었다.

"너… 넌 설마 우마?"

"예, 우맙니다!"

우마가 시원하게 대답했다.

"네가 어떻게 여기……?"

"예전에 내 관상을 보고 말하셨잖아요! 한자리 차지하고 명이 길 상이라고요! 기다리세요!"

우마가 서너 걸음 달려 난간에 올라서더니 그대로 건너편 배로 날아갔다. 마치 한 마리 새처럼 허공을 날아가는 우마를 보며 적풍이 중얼거렸다.

"모두 좋구나. 하지만 난 찾을 사람도 없군. 후우, 설루가 보고 싶어."

강변에 거대한 막사가 세워졌다.

오랜 억류에서 풀려난 신혈족들은 자신들에게 찾아온 자유를 만끽하면서도 한편으로는 두려운 빛을 보였다.

언제라도 북두회의 고수들이 들이닥쳐 다시 그들을 죽음으로 몰아넣을 수 있다는 생각이 마음속에 도사리고 있는 것이다.

그래서 걱정 없이 즐거운 것은 오직 아이들뿐. 아이들은 강변을 뛰어다니며 끊임없이 웃음을 터뜨렸다.

적풍은 강변에 펼쳐진 숙영지로부터 이십여 장 떨어진 언덕에서 우마와 쿠샨, 그리고 몇 명의 신혈족과 향후의 대책을 논의하고 있었다.

"신곡(神谷)으로 모두를 데려갈 수는 없소."

"모두 수용할 만큼 크잖아요?"

우마가 되물었다.

우마는 아직 신곡에 가본 적이 없었다. 적풍이 십자성을 떠나 있는 동안 십자성의 일은 온전히 우마의 몫이었기 때문이다.

　하지만 신곡의 규모에 대해선 이미 알고 있었다.

　"제법 너른 곳이지. 하지만 신곡은 북십자성의 땅이다. 오직 일백의 인원만이 그곳에 들어갈 수 있다."

　적풍이 단호하게 말했다.

　북십자성이 무림에 온전히 모습을 드러내는 일은 앞으로도 없을 것이다. 북십자성은 두려움과 신비함의 존재로 남아 있어야 강호무림에서 더 큰 힘을 발휘할 수 있었다.

　신곡이 곧 북십자성, 그러니 무인이 아닌 자는 비록 신혈족이라 해도 북십자성에 들 수 없었다.

　"그럼 저들은 어쩌우?"

　우마가 강변에서 즐겁게 뛰어노는 신혈족 아이들을 가리키며 물었다.

　"신곡과 그리 멀지 않은 곳에 거처를 알아봐야지. 무슨 일이 생기면 바로 움직일 수 있는 거리에. 그리고 우리가 원하는 시절이 오면 예전처럼 천하 각지에 흩어져 자리를 잡는 거지. 신혈족으로서가 아니라 보통 사람으로 세상에서 살아가는 게 훨씬 안전하니까."

　"한데 모여 있으면 더 위험하단 말이군요."

　쿠샨이 말했다.

　"내 계획이 틀렸소?"

적풍이 쿠샨에게 확인하듯 물었다. 그러자 쿠샨이 고개를 저었다.

"아닙니다. 아주 제대로 된 계획입니다. 사실 저도 이번 일을 겪으면서 처음 안 사실이 있습니다."

"그게 무엇이오?"

"신혈의 피를 가졌다고 모두가 주군처럼 신력이나 특별한 재능을 타고 태어나는 것은 아니라는 사실 말입니다. 오히려 특별한 힘을 지닌 사람은 이 할도 되지 않는 것 같군요."

"저들을 만나기 전에는 나도 그 사실을 깨닫지 못하고 있었소."

적풍이 대답했다.

그러고 보니 생각나는 일이 있었다. 과거 의천노공이 그에게 전마 적황의 이야기를 하면서 한 말이다.

적황은 우서한에게 적풍과 유하를 부탁하면서 한 가지 단서를 달았다. 적풍이 신혈의 기운을 드러내지 않으면 그냥 평범한 사람으로 살아가게 놓아두라는 말이다.

그건 곧 신혈의 피가 가진 그 특별한 능력이 나타나지 않은 사람도 있다는 의미인 것이다.

"신력이 기운이 나타나지 않는 신혈족이라면 외려 보통 사람이라고 해야겠지요. 그런 사람들은 여러분과 함께 사는 것보다야 저자에 나가 평범하게 사는 게 훨씬 안전할 것이오."

쿠샨이 우마 등을 둘러보며 말했다.

"하기야 우리와 함께 사는 것이 아니라면 그들이 신혈의 피를 이었다는 걸 알 수 있는 사람이 없지. 하지만 그들의 후손 중에는 신력을 가진 사람이 나올 수도 있지 않습니까?"

우마가 물었다. 그러자 쿠샨이 대답했다.

"그러니 온전히 인연을 끊고 살 수는 없소. 그런 후인들은 보통 사람으로 살 순 없으니 북십자성에 들어야 할 것이오. 그러니 저들과는 북십자성과 연결이 될 수 있는 선 하나, 그 하나의 인연만 남겨두면 족할 거요."

쿠샨의 말에 우마가 우울한 표정을 지으면서도 수긍할 수밖에 없다는 듯 고개를 끄떡였다.

"일단은 거처를 마련하는 것이 급선무이겠군요."

타파가 말했다.

"그 일이라면 벌써 알아보고 있소."

적풍이 대답했다.

"벌써 말입니까?"

타파가 반색했다.

갈 곳이 정해지지 않는다면 언제까지 이렇게 강변에서 노숙을 해야 할 판이기 때문이다.

"야문이 움직였으니 삼 일을 넘지 않을 거요."

"야문이라면 금세 적당한 곳을 찾을 겁니다."

우마도 고개를 끄떡였다.

자유롭고 평화로운 시간이 계속되자 사람들은 불안해하기 시작했다. 갑자기 찾아온 자유는 맞지 않는 옷을 입은 것처럼 사람들을 불편하게 만들었다.

그래서 사람들은 자신들이 정착할 곳이 하루라도 빨리 정해지기를 바랐다. 거처가 정해지고 그곳을 일구며 살다 보면 자유는 아주 천천히 그들과 후손들의 삶을 변화시킬 것이다.

지난 수십 년간의 그 엄혹했던 시절의 상처를 치유하려면 그 배 이상의 시간이 필요할 거라고 쿠샨은 말했다.

그리고 야문은 기대를 저버리지 않았다.

강변에 신혈족을 내려놓고 다시 황하의 너른 물길로 나간 천무흑룡선이 다시 모습을 드러냈을 때, 그곳에는 야문의 문주 나찰녀 적란이 있었다.

가장 앞서 마중을 나간 것은 역시 우마였다.

우마는 가볍게 손을 들어 천무흑룡선에서 내리는 적란을 맞았다. 그러나 적란은 우마의 손을 잡지 않고 그를 지나쳐 뒤에 있는 적풍 앞으로 다가왔다.

"성주님, 오랜만에 뵙는군요."

"어서 오시오. 수고 많으셨소."

"수고는요. 좋은 여행이었어요. 한동안 항주를 벗어나지 못했는데, 여행을 하며 들려오는 천무맹의 소식이 즐겁기도 했고요."

적란이 가볍게 미소를 지으며 말했다.

그때 어느새 두 사람 옆으로 다가온 우마가 투덜거렸다.

"난 보이지도 않소?"

자신의 손길을 피하고 적풍에게 먼저 인사하는 적란에 대한 불평이다.

"공사(公私) 구분을 해요."

적란이 차갑게 말했다.

"물론 그렇지만 인사 정도야 할 수 있는 것 아니오?"

"나중에요."

적란은 여전히 냉정했다. 누가 보면 도저히 연인 사이라고는 볼 수 없는 두 사람의 모습이다.

그 모습을 보며 적풍이 가볍게 미소를 지었다. 떼를 쓰는 아이 같은 우마의 모습이 외려 보기 좋았기 때문이다.

아무도 최근 들어 우마만큼 기분이 좋은 사람이 없을 것이다. 남만의 고향에서 헤어진 일족을 만났고, 적풍과 함께 만들어낸 십자성은 천하의 패권에 근접해 가고 있다.

우마는 아마도 그런 성과에게 대한 즐거움을 연인인 나찰녀 적란과 함께하고 싶었을 것이다. 칭찬 한마디쯤 기대한 것도 그리 큰 욕심은 아니다.

하지만 나찰녀 적란은 여전히 냉랭했고, 우마는 다른 때처럼 그녀 앞에서는 고양이 앞의 쥐처럼 나약한 존재가 되고 말았다.

그러나 그런 모습이 적풍을 안도하게 했다.

처음 흑사회의 우마를 봤을 때, 우마는 잘 갈린 칼 같은 사람이었다. 그 칼이 적을 벨 수도 있지만 자칫하면 그 자신을 벨 수도 있을 만큼 위험했다.

그러던 것이 적풍을 만나고 신혈족의 짐을 혼자 지지 않아도 되면서부터 서서히 변해갔다.

그래서 지금은 이렇게 연인 적란의 타박에 기죽은 모습을 보일 만큼 여유를 찾게 된 것이다.

"막사로 갑시다."

적풍이 적란에게 말했다.

"그곳에서 말씀드리는 게 좋겠군요."

적란이 적풍을 따라 신혈족들의 노숙지 사이에 세워진 적풍의 막사로 향했다.

일은 일사천리로 진행됐다. 야문의 움직임은 철두철미했다. 나찰녀 적란이 적풍을 찾아왔을 때는 이미 모든 준비가 끝난 후였다.

적란이 정한 신혈족의 새로운 주거지는 신곡과 삼 일 거리에 있었다. 만약의 경우를 대비해 신곡과의 거리를 최대한 좁히면서도 커다란 산으로 나뉘어져 있어 누구도 신곡과 신혈족의 새로운 주거지를 연결시켜 생각하지 못하게 만들었다.

적풍은 적란의 설명이 끝나자 정천사자들의 의견을 구해 동의를 얻은 후 즉시 강변 숙영지를 떠나기로 결정했다.

제법 오랫동안 머문 숙영지를 떠나는 신혈족의 얼굴에는 두려움과 기대가 뒤섞여 있었지만 누구도 이 길에 대해 반대하는 사람은 없었다.

그렇게 천무흑룡선과 신혈족을 실은 배들이 다시 강에 띄워졌다. 그리고 그들은 닷새 후 새로운 정착지에 도착했다.

                    *   *   *

　"죄송합니다. 문주께서는 병환이 깊으셔서 외인을 만날 수 없으십니다."

　금오문 부문주 도영부의 대답을 들은 흑제 오룽의 얼굴이 살짝 꿈틀거렸다. 그것이 분노임을 모르지 않는 도영부였으나 그는 눈썹 하나 흔들리지 않았다.

　"얼마나 환우가 중하시기에 날 만나지 못한단 말이오?"

　흑제 오룽이 애써 노기를 억누르며 물었다.

　"석 달 전부터 도통 식사를 못 하셔서……."

　도영부가 말꼬리를 흐렸다.

　"음, 안타까운 일이구려."

　"곧 쾌차하시겠지요. 오늘 밤은 제가 모시겠습니다."

　도영부가 정중하게 말했다. 그러자 오룽이 잠시 생각에 잠겼다가 물었다.

　"혹 천무맹과 인연이 닿았소?"

　너무도 직접적인 물음에 도영부는 일순 말문이 막혔다. 흑제 오룽은 북산맹의 주요 문파인 금오문의 문주 금룡검 금산이 일부러 자신을 피하고 있다고 판단한 듯했다.

　이유는 간단했다. 이런 일이 처음이 아니었기 때문이다.

　그간 북산맹이라는 파벌로 뭉쳐 황하 이북의 강자로 군림해 오던 제 문파의 주인들이 하나같이 흑제 오룽의 방문을 피하고 있었다.

비산문의 문주 비검왕 태목, 천도문의 문주 도왕 송일원, 이 두 사람을 만나지 못하고 금오문에 온 흑제 오릉이다.

그런데 약속이나 한 것처럼 금오문의 문주 금룡검 금산 역시 병을 핑계로 자신과의 만남을 거부하고 있으니 이 세 문파가 천룡문에게서 마음을 돌렸다고 판단할 이유로 충분했다.

그리고 만약 그들이 돌아섰다면 그건 곧 천무맹과의 연합을 의미한다. 당금 강호의 제 문파가 구름 모이듯 천무맹으로 모여드는 것은 어제오늘의 일이 아니었다.

지왕종문에 대한 원정 이후 천하의 중심이 북두회에서 천무맹으로 이동했다는 것은 무림인이라면 열 살 아이도 아는 사실이었다.

"저는 모르는 일입니다."

도영부가 오릉의 물음에 고개를 저었다.

"허허, 부문주가 모른다면 누가 안단 말이오? 금오문의 행보를!"

"글쎄요. 본 문의 행보는 문주께서 쾌차하시면 그때 결정되겠지요."

말인즉슨 강호가 돌아가는 상황을 봐서 금오문의 행보를 결정하겠다는 뜻이다.

한편으로는 아직은 천무맹과 손을 잡지 않았다는 뜻이기도 했다.

그러자 오릉이 정색하며 말했다.

"천무맹은 그 속내를 알 수 없는 무리이오. 혈궁이 그들의 주축이지 않소. 혈궁이 어떤 곳인지는 부문주도 잘 알고 계실 것이오. 그러니 천무맹과 손을 잡는 우를 범하지 마시오. 이번에 우리 북두회 육가는 회의 문호를 크게 열어 강호의 영웅들과 명문대파들을 회에 초대하기로 했소. 당연히 금오문은 그중 일순위에 해당하오. 그간 북산맹을 결성해 하북무림을 지탱해 온 우리가 아니오? 부디 문주께 잘 말씀드려 주시오. 이는 향후 금오문의 운명을 좌우할 문제요."

부탁인지 협박인지 모를 말이다. 그리고 그것이 오릉의 실수였다.

이미 북두회 육가의 권위는 땅에 떨어져 있었다. 지왕종문의 원정에서 육가는 각 파의 절정고수들을 상당수 잃었다.

강호 문파들의 성세는 절정고수의 숫자와 밀접한 관계가 있어서 육가의 손실은 곧 그들이 각 세력의 우두머리 노릇을 할 수 없다는 의미이기도 했다.

그런 오릉에게 협박 아닌 협박을 당하고 그를 정중히 대접할 사람은 없었다.

"충고 감사드립니다. 본 문의 행보는 역시 문주께서 쾌차하신 후 심사숙고해서 결정하도록 하겠습니다. 하면 쉬십시오. 저녁 식사를 올린 후 잠시 들르겠습니다."

도영부가 냉기가 느껴지는 말을 남기고 미처 오릉이 답을 하기도 전에 자리에서 일어나 접객청을 나갔다.

"음!"

도영부가 나가자 혹제 오룽이 침음성을 흘리며 손으로 가볍게 탁자를 눌렀다. 그러자 오동나무로 만든 탁자에 얇은 손자국이 생겼다.

"문주, 고정하십시오."

오룽의 노기가 깊어졌음을 알아챈 오래된 심복 오방이 오룽을 진정시켰다.

오방은 천룡문을 떠받치는 사대검룡 중 우두머리로 사사로이는 오룽의 사촌아우가 되는 사람이었다.

"이자들이 정녕 간이 배 밖으로 나온 것인가?"

"무림의 정세가 심상찮습니다. 이들은 그 추이를 살펴 행보를 결정할 요량인 듯 보입니다. 지금으로선 압박하는 것보다 달래는 것이 좋습니다."

"이대로라면 제대로 된 문파는 단 하나도 명화산에 데려가지 못할 듯싶네. 하아! 이제 보름밖에 남지 않았는데. 북산맹이 흩어졌음을 안다면 다른 육가가 우릴 어찌 보겠는가?"

"외람되지만 다른 곳도 사정이 다르지 않을 겁니다."

"그럴까?"

"육가의 위명은 이제 더 이상 각 파벌의 문파를 통제할 수 없는 지경입니다. 차라리 하루빨리 명화산에 모여 다른 방책을 강구하는 것이 나을 듯싶습니다."

"다른 방책? 이 상황에 뭐가 있단 말인가?"

오룽이 곤혹스러운 표정으로 물었다.

"한 가지 방법이 남아 있지요."

"방법이 있다고?"

흑제 오룡이 쫑긋한 표정으로 오방에게 되물었다.

"단 한 사람에게 고개를 숙이시면 됩니다. 육가의 주인들이."

"음, 대체 누구에게 고개를 숙이란 말인가?"

"묵안노입니다."

쿵!

순간 흑제 오룡이 서탁을 내려쳤다. 서탁의 모서리가 가루가 되어 떨어져 나갔다.

"자네 지금 그걸 말이라고 하나? 묵안노라니! 오늘의 이 사태가 바로 그자에 의해 시작되었다는 것을 모른단 말인가? 그 이 골마족이라는 괴인들을 죽이지 않고 키워내서 일이 이 지경이 된 것 아닌가? 그런데 다시 그에게 고개를 숙이라니!"

오룡의 분노에도 오방은 침착하게 자신의 생각을 말했다.

"감정적으로 생각하실 일이 아닙니다. 물론 오늘날 북두회가 어려운 지경에 처하게 된 건 그의 책임이 큽니다. 하지만 그럼에도 불구하고 오직 그만이 이 난국을 해결할 수 있습니다. 그도 자신의 실수를 알고 있으니 육가의 수장들께서 그를 정중히 불러들이시면 반드시 북두회로 돌아오게 될 것입니다."

"그가 오고 안 오고가 문제가 아니네. 그가 온다 해도 무슨 뾰족한 수가 있겠냐는 거지. 그 자신이 애써 길러낸 정천사자들이 배신을 하지 않았느냔 말일세. 그를 따르는 무리라야 겨우 일백도 되지 않을 것인데 그가 뭘 할 수 있단 말인가?"

흑제 오룡이 부정적인 표정으로 고개를 저었다.

"그 자신의 힘으로야 아무것도 할 수 없지요. 하지만……."

"하지만 뭔가?"

"그가 한 사람을 움직일 수만 있다면… 오직 그만이 가능한 일일 겁니다. 그렇게만 된다면……."

"한 사람? 누구 말인가?"

흑제 오릉이 되물었다. 그러자 오방이 잠시 망설이다가 무겁게 입을 열었다.

"묵안노만이 월하선봉의 신선을 산 아래로 불러올 수 있지요."

"아! 의천노공!"

흑제 오릉이 마치 잊고 있던 보물을 발견한 듯 무릎을 치며 탄성을 흘렸다.

제8장
신선을 찾는 자들

허름한 마차 한 대가 덜컹거리며 북방의 초원을 지나고 있었다.

　차가운 북풍이 불어와 칼처럼 날카로운 한기를 뿜어냈지만, 마차를 모는 마부는 허름한 옷차림에도 아랑곳하지 않고 마차를 몰고 있었다.

　제대로 된 길이 아니어서 마차는 심하게 흔들거렸다. 그나마 부서지지 않는 것이 다행일 정도였다.

　"쿨럭쿨럭!"

　갑자기 마차 안에서 사람의 기침 소리가 났다. 그러자 급하게 마차를 몰던 마부가 잠시 마차를 세웠다.

　"괜찮으십니까?"

마부가 마차 안을 돌아보며 물었다. 그러자 마차 안에서 굵은 사내의 목소리가 흘러나왔다.

"잠시 쉬어 갑시다."

"그러지요. 마침 날도 저물었으니."

마부가 대답하고는 마부석에서 뛰어내렸다. 헝클어진 머리가 그 바람에 하늘로 솟구쳤다. 그러자 그의 얼굴이 드러났다.

모악이다.

지왕종문이 멸망한 후 이어진 싸움에서 적풍에게 소주 우다문을 빼앗기고 일패도지한 모악이 북방의 찬바람을 맞으며 초원에 와 있는 것이다.

은신처를 찾아 북방으로 온 것이라면 지나치게 신중한 결정이라고 할 수 있었다.

덜컹!

모악이 마차 문을 열기 위해 마부석으로 가는 중에 안에 있던 자가 이미 문을 열었다. 그리고 푸석한 얼굴을 마차 밖으로 내밀었다.

염화마군 철륵이었다.

"후우! 이제야 좀 살 것 같군."

철륵이 크게 찬바람을 들이쉬며 말했다.

"멀미가 나신 겁니까?"

모악이 의아한 표정으로 물었다. 그가 아는 철륵은 멀미 따위는 하지 않을 위인이다.

아마도 천하에서 가장 강골을 찾으라면 모악은 주저 없이 철륵을 꼽을 것이다.

"평생 말 위에서 살아온 사람인데 멀미를 하겠소? 아니, 멀미를 하긴 했군. 다른 곳으로 말이야."

철륵이 씨익 웃으며 배를 감싸고 있던 왼손을 풀었다. 그러자 그의 손에 피가 묻어나며 선혈이 홍건한 옷자락이 보였다.

"이런, 이 지경인데 왜 말씀을 하지 않으셨습니까?"

모악이 타박을 하며 철륵을 부축하려 했다.

"아아, 됐소. 나쁜 일은 아니오. 잠시 피가 부족해 현기증이 나기는 하겠지만 그래도 나쁜 일은 아니오."

"그게 무슨 말입니까? 이렇게 피를 많이 흘려서야 어디……."

"일부러 그대로 둔 거요. 사혈(死血)이오."

"아……!"

"우리 신화지혈을 가진 사람들은 이런 식으로도 몸을 회복한다는 것을 아실 거요."

"하지만 그건 안정된 상황에서나 시도할 수 있는 위험한 방법 아닙니까? 마차를 타고 달리면서는 내장이 상할 수도 있습니다."

"후후, 그를 만나는데 걷지도 못하는 몸으로 갈 수는 없으니까."

철륵이 자조적인 표정으로 말했다.

"마군……."

모악의 표정도 우울하기는 마찬가지였다. 그 역시 더 이상 철륵을 타박하지 않았다.

"쉽시다. 이젠 더 이상 갈 수도 없소. 피가 돌고 기운이 회복되려면 적어도 반나절은 필요할 거요. 오늘은 여기서 잡시다."

"그러지요."

모악이 대답하고는 서둘러 마차에서 짐을 내려 마차보다 낮고 작은 천막 두 개를 만들었다.

북방의 한풍을 막기 위해 땅에 붙도록 낮은 천막을 친 모악이 급히 유목민에게서 구한 말의 마른 배설물로 불을 피웠다. 돌이 불에 달궈져 타들어가듯 배설물이 금세 타오르기 시작했다.

그러자 철특이 불 앞에 두툼한 모피를 깔고 앉았다.

"좋군."

온기가 돌자 그의 얼굴이 한결 편안해 보였다. 역시 염화마군 철특에게는 불이 최고의 약인 모양이었다.

"드시지요."

모악이 건량과 마유를 준비해 철특 앞에 놓았다.

"미안하오. 법사께 이런 시중까지 들게 해서⋯⋯."

"사람이 없으니 당연한 일이지요. 괘념치 마십시오."

모악이 대답하고는 그 자신도 푹신한 모피에 자리를 잡고 앉았다. 그리고 장성을 넘어올 때 구해놓은 독주를 한 모금 입에 물고 건량을 안주 삼아 씹기 시작했다.

알싸한 주향이 불기운을 타고 사방으로 퍼져 나갔다. 그러자 철특이 입맛을 다시며 말했다.

"술은 본래 내가 법사보다 더 좋아하는데 난 마유고 법사는

술이오? 나도 한 잔 주시오."

"안 됩니다. 상처에 술은 독입니다."

모악이 단호하게 말했다.

"그러지 말고 한 모금 주시오. 설마 한 모금 마셨다고 죽기야 하겠소. 이런 날은… 한잔 마시지 않고는 참을 수가 없구려."

철륵의 고집에 모악이 망설이다 어쩔 수 없다는 듯 술병을 건넸다.

술병을 집어 든 철륵이 입도 대지 않고 술을 목에 부었다.

"크흡! 정말 독주구려."

"일부러 독한 놈을 골랐습니다."

"후후, 그에 대한 원한을 잊지 않으려고 말이오?"

"십자성주요?"

"그렇소."

"그럴 리가요. 사실 그에게 원한이랄 것도 없습니다. 마군께 는 서운하게 들릴지 모르겠지만, 그나 우리나 그저 자신이 원 하는 것을 얻기 위해 목숨을 걸고 싸우는 사람들, 승패가 갈렸 다고 원한을 가질 이유는 없지요. 그랬다가는 심화를 이기지 못하고 죽어버릴 겁니다."

모악의 말에 염화마군이 빙그레 미소를 지으며 물었다.

"경험에서 나온 말이오?"

"……?"

모악이 무슨 뜻이냐는 듯 철륵을 바라봤다.

"현월문 말이오."

"그 이야기라면 그만하시지요."

모악이 화난 듯한 표정으로 말했다. 그러자 철륵이 나직하게 탄식했다.

"정말 마음의 병이란 무섭구려. 법사 같은 사람조차도 아직 그 마음의 병에서 벗어나지 못했으니……. 알겠소. 더 이상 현월문 이야기는 하지 않겠소. 그런데 말이오, 나에게도 그런 병이 있다는 것 알고 있소? 동병상련이라고 해야 하나."

철륵이 물었다.

"마군께서도 그런 마음의 짐이 있으십니까?"

모악의 의외라는 듯 되물었다.

"있소. 잊을 수 없지."

"대체 무엇에……?"

처음 듣는 이야기인지 모악이 관심을 보였다.

"그 말이오. 전사들의 왕."

"적가 말이군요."

"그렇소. 내가 그와 겨뤄봤다는 걸 아시오?"

"그야 당연히……."

"그와 겨룬 그 싸움이 내 평생 마음의 독으로 남아 있소. 그의 앞에서 내가 어땠는지 아시오?"

"자세히는 모르는 이야기라……."

"그의 앞에서 난 벌레 같았소. 정말 살기 위해 그의 발이라도 핥으라면 핥을 정도였지. 그런 나를 그는 적선하듯 살려주었었소. 아! 그 치욕과 수모는… 경험하지 않은 사람은 모를 거요. 그래서 난 반드시 다시 돌아가고 싶소. 그를 만나기 위해서라도, 아니, 정확히는 그와 당당히 겨루다 죽기 위해서라도 말이오. 신화지혈의 부활이야 사실 핑계 같은 것이고……."

"그러셨군요. 하긴 지왕종문에 머물 때 마군께서 불의 성에 계실 때와는 조금 다른 분이 되셨구나 생각했지요. 그 이유였군요. 우선순위가 바뀐 것. 신화지혈의 군림에서 그로……."

"그렇소. 소주가 들으면 무척 서운할 테지만 말이오. 사실 소주가 십자성주에게 잡히는 것을 보면서도 그 자리에서 죽음으로 버티지 않은 것도 그런 이유요. 물론 그자가 너무 강하기도 했지만."

철륵이 가슴 어림에 손을 대며 말했다.

적풍에게서 입은 부상이 아직도 그의 거동을 불편하게 하고 있었다. 내상은 말할 것도 없었다. 사실 살아 있는 것이 이상할 정도의 부상이었다.

모악이 없었다면 그는 분명 죽었을 것이다.

모악은 지모만 뛰어난 것이 아니었다. 그의 의술은 비록 천의비문의 신의들에는 비할 바 아니지만 그만의 독특한 특색을 가지고 있어서 죽음의 문턱에 이른 철륵을 살려낸 것이다.

"그렇다면 처음부터 이 땅에 머물 생각은 아니셨군요."

모악이 물었다.

"그렇소. 그래서 법사께서 다시 한 번 길을 만들어주시길 바라고 있었소."

철륵이 뜨거운 눈으로 모악을 바라봤다. 기대와 염원이 가득한 눈이다. 그러나 모악은 그의 눈빛을 회피했다.

"불가능한 일입니다."

"불의 성에서는 가능하지 않았소?"

"천시가 맞아서 가능한 일이었지요. 더군다나 그때 희생된 신화지혈의 고수가 일백입니다. 그런 희생을 감수해야 가능한 일이었지요."

"묻겠소."

철륵이 정색을 하며 말했다.

"말씀하시지요."

"법사의 애초 목적도 우리의 고향으로 돌아가는 것 아니었소?"

"솔직히 말씀드릴까요?"

"그래주면 고맙겠소."

철륵이 여전히 굳은 얼굴을 풀지 않고 대답했다.

그러자 모악이 잠시 뜸을 들였다가 입을 열었다.

"전 사실 다시 그곳으로 돌아가고 싶지 않았습니다."

"법사?"

철륵이 놀란 표정으로 모악의 이름을 불렀다. 아마도 전혀 예상치 못한 대답인 듯싶다.

"놀라실 거라 생각했습니다."

"대체 왜 그런 생각을 한 것이오? 그곳으로 돌아가기 위해 무림을 장악하고 그 힘으로 의천노공 우서한을 제압하려 한 것 아니오? 그만이 길을 알고 있으니……"

"물론 평소에 그렇게 말씀드렸지요."

"그런데 아니었다?"

"전 그냥 이 땅에 다시 우리만의 불의 성을, 그리고 나만의 월문을 만들고 싶었습니다. 제가 욕심낸 것은 거기까집니다. 설혹 의천노공 우서한을 제압했다 해도 그곳으로 돌아가는 문제는 갈등했을 겁니다."

"이유가 뭐요?"

철특이 물었다. 그러자 모악이 힘겨운 표정으로 떨어지지 않는 입술을 움직였다.

"그건… 두려웠기 때문이지요."

"아!"

철특이 나직하게 탄식했다.

중오를 넘어선 두려움, 모악이 말한 그 두려움의 대상을 철특도 알고 있었다.

"원망과 원한이 아니라 두려움이었소?"

"그렇습니다. 다시 그곳으로 돌아가 현월문의 사형제들을, 그리고 그 대단한 전사들의 왕 적가를 상대할 자신이 없었습니다."

모악이 얼굴을 일그러뜨리며 대답했다.

"그래서 이 땅에서 영원히 살아갈 준비를 하려 했구려. 지왕종문을 만들어서 말이오."

"그렇습니다."

"후우, 알겠소."

철륵이 무겁게 대답했다.

"노하셨습니까?"

모악이 물었다.

"아니오. 그리고 노한들 무슨 소용이 있소. 사실 지금이야 법사가 날 죽이려면 얼마든지 죽일 수 있는데……."

"무슨 그런 말씀을! 절대 있을 수 없는 일이지요."

"우리가 서로 필요해 의해서 맺어진 관계라는 것은 서로 알고 있지 않소. 그러니 법사께 내가 짐이 된다면 결국 날 버리지 않겠소?"

"그런 일은 없습니다."

모악이 단호하게 말했다. 한편으로는 화가 난 듯한 표정이다.

"후후, 그리 말해주니 고맙기는 한데……."

철륵이 웃음을 흘렸다. 그러나 여전히 믿지는 않는 표정이다. 그러자 모악이 냉랭한 표정을 지으며 대답했다.

"내가 마군을 배신하지 않는 이유는 하납니다."

"그런 이유가 있었소? 궁금하구려, 그게 뭔지."

그러자 모악이 철륵을 보며 대답했다.

"배신은 일생에 한 번으로 족하기 때문입니다. 두 번 경험하고 싶지 않은 일이지요. 배신자를 바라보는 그 시선들은… 정말 참기 힘든 일입니다."

모악의 말에 철륵의 얼굴에서 웃음기가 사라졌다. 그가 자세를 바로잡고 모악에게 정중하게 사과했다.

"미안하오. 내가 실수했소. 다신 법사의 심기를 불편하게 하지 않겠소. 법사가 가진 마음의 병이 나보다 훨씬 깊다는 것을 간과했소. 다시 한 번 사과하오."

철륵의 정중한 사과에 모악의 표정이 조금 풀렸다.

"이러실 것까지는 없습니다. 타인이 아니라 나 자신조차 평생 제 배신을 경멸하며 살 것이니까요."

"법사……."

"밤이 깊었습니다. 내일이면 초원이 끝날 겁니다. 그때부터는 산행이니 잠을 좀 자두십시오. 힘들 겁니다."

"나야… 법사만 믿소."

                    *   *   *

그들이 산서의 험준한 산속으로 묵안노 마한을 찾아온 것은 지왕종문이 멸망하고, 승자인 북두회가 승자의 저주에 걸려 십자성이 이끄는 천무맹에 천하의 대세를 빼앗긴 지 석 달쯤 지난 어느 날이었다.

그는 자신을 따르는 수하들을 이끌고 산서 깊은 산속 낡은 장원에 칩거하고 있었다.

아마도 그들이 아니었다면 그를 찾아내는 일조차도 어려웠을 것이다.

그래서 북두회 육가의 수장들이 자신들의 결정을 전하기 위해 그들을 보낸 것은 어쩌면 당연한 일이라고 할 수 있었다.

"어쩐 일인가?"

그의 물음에 호천대 전오조의 조장 다섯이 선뜻 대답을 하지 못하고 얼굴을 굳혔다.

그는 건재했다. 예상한 것과는 전혀 다른 모습이었다.

애초에 그들은 그를 찾아올 때 이 늙은 강호의 거인이 깊은 시름에 빠져 있을 거라고 생각했다.

모르는 사람은 모르고 아는 사람만 안다는 그의 나이. 호천대 전오조의 조장들은 그의 나이를 아는 사람에 속했다.

백 세를 훌쩍 넘긴 나이에 천하 권력의 중심에서 추락했으니 그 충격과 자괴감이 그를 자포자기 상태로 만들었을 것이라 생각한 그들이다.

백 세를 넘은 나이에 재기를 꿈꾸는 것은 요원한 일이었다.

그래서 북두회에서 구원의 손을 내밀면 그 즉시 그 손을 잡을 거란 확신도 있었다.

그런데 그를 만나는 순간 그들의 모든 계산은 무위로 돌아갔다.

그는 전혀 좌절한 듯 보이지 않았고, 몸도 상하지 않았으며, 외려 북두회에 있을 때보다 더 강건해진 모습이었다.

그래서 그들은 이 노련한 강호의 거인에 대해 새삼스레 두려움을 느낄 수밖에 없었다.

그리고 그들은 뒤늦게 깨달았다. 이 사람으로 인해 북두회가 탄생했음을.

묵안노 마한, 잊고 있던 그에 대한 두려움이 호천대 전오조의 조장들을 얼음으로 만들어 버린 것이다.

"벙어리들이 되셨는가? 왜 말이 없어?"

묵안노 마한이 다시 물었다.

그러자 호천대 전오조 제일조의 조장 소림의 목불이 조심스럽게 입을 열었다.

"육가의 가주들께서 노야께 전하라는 말이 있어서 왔습니다."

"그런가? 이상한 일이군. 말을 전할 요량이면 사람 하나 보내면 될 일, 왜 이렇게 몰려들 왔는가? 회가 한가한 모양이군. 호천대 전오조의 조장들을 모두 내게 보내다니……"

"그건… 노야를 찾을 길이 없어서 우리 모두 움직였습니다."

"아, 그렇게 된 것이군. 이거 내가 실수를 했어. 그래도 자네들에게는 행선지를 알려줄 것을. 그랬다면 이런 수고들은 하지 않았을 것 아닌가?"

"비록 그렇다 해도 이번에는 모두 왔을 것입니다."

"그런가? 그 또한 이상하군. 자네들은 나와 그리 가까운 사이는 아니잖은가?"

마한이 의아한 표정으로 되물었다.

"비록 우리 전오조가 육가 가주님들의 명을 직접 받는다 해도 호천대를 만드신 분은 노야시지요."

"후후, 그렇게 생각해 준다니 고마운 일이군. 그래, 전할 말이 무엇인가?"

마한이 물었다.

그러자 목불이 잠시 망설이다가 어렵게 입을 열었다.

"육가의 가주님들께서 뵙기를 청하십니다."

"날?"

"그렇습니다."

"이상한 일이군. 내가 그들과 헤어진 것이 겨우 석 달, 떠나길 원해서 떠나줬는데 왜 다시 날 찾는단 말인가?"

"……."

목불이 마한의 질문에 차마 대답을 하지 못하겠는지 묵묵부답 말이 없다. 그러자 마한이 다시 물었다.

"그래서 나를 데려가려고 이렇게들 온 것이군."

"……."

여전히 목불은 대답하지 않았다. 그러나 그 침묵이 모든 것을 긍정하고 있었다.

"참으로 고약한 일이군. 이 조장!"

"예, 노야."

마한의 부름에 호천대 이 조장 안연사가 대답했다. 그는 천산마문 출신으로 과묵한 성정을 지닌 자였다.

"올해 천산노조께서 세수가 어찌 되지?"

"…정확히는 모르나 올해로 여든 중반이 되셨을 것입니다."

안연사가 그건 왜 묻느냐는 듯한 표정으로 대답했다.

"여든 중반이라……. 허허, 젊군, 젊어. 좋은 나이지. 천하를 두고 한판 승부를 결할 만큼 말이야. 그런데 자네들, 내 나이가 어느 줄에 들어섰는지 알고 있지?"

"그… 렇습니다만……."

안연사가 대답했다. 그러자 마한이 태사의에 등을 기대며 한숨 쉬듯 말했다.

"북두회 육가의 주인 중 천산노조께서 가장 세수가 많지. 소림방장께서 얼추 어우러지실 나이고 다른 사람들은 팔십 전후. 맞을 거야. 그런데 말이야, 난 이미 오래전에 백 살이 넘었네. 그 이후로는 세월 가는 것을 구분하지 않으니 열인지 아홉인지, 혹은 그 이상인지도 모르겠어. 그래서 대혈산을 떠나 이곳에 오는 데에도 시간이 많이 걸렸네. 삼 일을 걸으면 꼭 삼 일을 쉬어야 하더란 말이지. 내 말 무슨 뜻인지 알겠는가?"

마한이 물었다.

물론 노련한 호천대 오조의 조장들이 마한의 말을 알아듣지 못할 리 없었다. 자신을 보려 한다면 육가의 가주들이 직접 오란 뜻이었다.

"모두 옳은 말씀이시이오나, 지금 강호의 정세가 육가 가주님들께서 외유를 하시기에는……."

이번에는 다시 목불이 말했다.

"강호의 정세? 이미 정해진 물길을 다시 돌리지 않을 바에야 무슨 할 일이 있겠는가?"

"그게 무슨 말씀이신지……?"

"육가의 힘으로 다시 북두회를 무림패자로 만들 수 있겠는가? 북산맹도, 오대세가도, 정천육문도, 천마맹도… 모두 흩어졌다고 들었는데?"

"그 일은… 지금도 육가의 수장들께서 설득 중이십니다."

목불이 불편한 표정으로 대답했다.

"어리석은 생각. 설득할 수 있는 상대들이라면 떠나지 않았을 걸세. 아니, 돌아오더라도 주인 행세를 하려 하겠지. 이런 경우는 그냥 북두회의 문을 닫고 이번 지왕종문 원정에서 입은 손실을 복구하며 후일을 대비하는 것이 나은 선택일 것이네. 과거의 영화에 집착해서는 북두회는 물론 육가도 점점 힘들어질 뿐이야."

마한이 냉정하게 말했다. 그러자 목불이 다시 말했다.

"그래서 그런 향후의 대책에 대한 고견을 청하기 위해 노야를 뵙고자 하시는 겁니다."

"말 한마디 하러 명화산까지 갈 생각은 없네. 그러니 듣고 싶으면 그들 스스로 오라고 하게."

워낙 단호한 마한의 말에 호천대 전오조의 조장들이 당황하면서도 쉽게 물러나지 않았다. 그러자 마한이 자리를 털고 일어나며 소리쳤다.

"돈오!"

"예, 사부님!"

문밖에서 마한의 대제자 돈오가 기다렸다는 듯이 문을 열고 들어왔다.

"손님들 가신다, 배웅해라. 난 쉬어야겠다."

마한이 그 말을 남기고 뒷문을 통해 방을 벗어났다. 그러자 돈오가 곤혹스러운 표정으로 전오조의 조장들을 보며 말했다.

"아무래도 그만들 돌아가셔야 하겠소이다. 이곳은 워낙 비좁은 곳이라 묵으실 방도 없고……."

"노야께선 대체 어쩌실 생각이라오?"

사 조의 조장 당향이 조금 화가 난 듯한 표정으로 물었다. 그러자 돈오가 정색한 표정으로 대답했다.

"스승께서 그리 쉽게 움직이실 거라 생각하셨소이까?"

"하지만 지금 북두회의 사정이 풍전등화인데……."

"미안하지만 스승께선 이미 북두회를 포기하셨소이다. 아니, 스승께서 포기하신 것이 아니라 육가의 주인들께서 스승님을 포기하신 거지요."

"그 일의 잘잘못을 따지자면 노야의 잘못이 크지 않소이까? 정천림을 통제하지 못했으니……."

말을 하다 말고 당향이 입을 닫았다. 그를 바라보는 돈오의 표정이 심상치 않았기 때문이다.

돈오가 입을 닫은 당향에게 말했다.

"그래서… 책임을 지라기에 스승께서 스스로 일구신 북두회를 떠난 것 아니오. 그랬으면 족할 일. 그 정도 모욕이면 스승께선 충분히 대가를 치르신 것이오. 아니오? 그런데 그렇게 몰아낸 스승님을 대체 왜 다시 부르는 것이오? 설마하니 스승께서 북두회, 아니, 육가에 매인 몸이라 생각하시는 거요?"

"그런 것이 아니라……."

당향이 자신이 실수했음을 깨닫고 변명을 하려는데 돈오가 그의 말을 끊으며 단호하게 말했다.

"스승님은 육가의 주인들이 가란다고 떠나고 오란다고 가실 분이 아니시오. 육가가 강호의 정통 명문으로 수백 년간 강호를 지배해 왔다고는 해도 감히 월문을 상대로 권위를 내세울 수는 없소. 그 사실을 잊지 마시오. 가서 육가의 주인들에게 전하시오. 월문이 없었으면 북두회도 없었고 육가의 천하군림도 없었다고. 과거 검은 사자들의 시간을 끝내준 월문의 은혜를 생각하라고. 아마 스승님을 움직이려면 그분들이 직접 와도 부족할 거요."

돈오의 단호한 말에 호천대 전오조의 조장들은 어쩔 수 없이 걸음을 옮겨 방을 나서기 시작했다.

"젠장!"

묵안노 마한의 거처를 떠난 전오조의 조장들이 장원 밖 먼 곳에서 기다리고 있던 호천대원들과 합류하는 순간 삼 조의 조장 천룡문의 고수 조비호가 욕설을 뱉었다.

"진정하시오."

목불이 위로하듯 말했다.

"이게 무슨 꼴이오. 천하가 천무맹의 손에 들어가려는 순간에도 서로 자존심 싸움을 하고 있으니……."

"사실 묵안노께서 하신 말씀이 틀린 것은 아니지요."

여간해선 입을 열지 않은 오 조의 조장 천제강이 입을 열었다.

"그걸 누가 모르오? 하지만 북두회 육가의 수장들이 과연 이곳으로 올 수 있느냔 말이오. 그건 불가능한 일이오. 전쟁 중에 장수가 집을 비우는 일은 있을 수 없는 일이오."

"설마 묵안노께서 정말 그걸 원하시겠소?"

천제강이 고개를 저으며 말했다.

"그럼 뭘 원하신다는 거요?"

"우리로서는 안 된다는 의미일 거요. 모두는 아니어도 적어도 육가의 어른 중 두어 사람은 와야 움직이실 거요. 사실 너무 쉽게 생각한 면이 있소. 육가의 수장들께서 묵안노 어른이 어떤 사람인지 잠시 잊으신 것 같소. 쉽게 생각할 수 없는 분 아니오?"

천제강이 다른 조장들을 돌아보며 물었다.

"하긴 그렇지요. 북두회가 회합을 하고 오늘날 천하의 태산 북두가 된 것은 모두 묵안노 님의 노고 때문인데……."

목불도 고개를 저었다.

"아이고, 눈이 오네!"

천룡문의 조비호가 우울한 마음을 풀려는 듯 하늘을 보며 중얼거렸다. 과연 바람이 차더니 기어코 올해 첫눈이 오고 있었다.

*　　　*　　　*

북방의 호수는 이미 얼어 있었다.

더군다나 산 위에 있는 호수라 겨울이 훨씬 일찍 찾아왔다.

얼음의 두께도 이미 마소의 무게를 견딜 정도여서 사람이 걸어 건너기에는 아무런 위험이 없었다.

모악과 염화마군 철륵이 월하선봉 정상 부근에 위치한 전마별호에 도착했을 때는 언 호수 위에 다시 눈이 내려 쌓이고 있었다.

바람이 불어 눈발을 흩어놓아도 눈은 금세 다시 얼음 위로 내려앉으며 그 두께를 더했다.

"다 왔군요."

모악이 감개무량한 표정으로 설원으로 변해가는 호수를 보며 말했다. 호수 중간에 외롭게 떠 있는 작은 섬을 제외하고는 모두가 백색의 눈으로 덮인 호수는 이곳이 그 옛날 천하를 공포에 떨게 한 전마 적황이 잠든 곳이라는 사실을 잊게 만들었다.

"그가… 어찌 나오겠소?"

담대함이 지나쳐 포악하기까지 한 철륵이 어울리지 않게 걱정스러운 표정으로 물었다.

"글쎄요, 저도 짐작하기 어렵군요."

내심을 숨기는 것은 아니었다. 모악 역시 지금 그들이 만나러 가는 사람이 그들을 어찌 대할지 짐작할 수 없었다.

어쩌면 단칼에 목을 날려 버릴 수도 있었다.

천하에는 의로움의 상징으로 알려진 노인, 그러나 모악은 그가 자신의 업(業)을 수행하기 위해선 그 누구보다 잔혹해질 수 있다는 것을 알고 있었다.

"두렵소?"

철륵이 물었다.

"그렇군요."

모악은 부인하지 않았다. 그는 정말 두려움에 떨고 있었다. 이대로 걸음을 돌리고 싶은 심정이었다.

"현월문의 문주와 비교하면 어떠할 것 같소?"

"종주는 명월문이지요."

모악이 대답했다.

"그렇소? 그렇다면 더 세단 말이군."

"그렇게 장담할 순 없습니다만……."

"그건 또 무슨 소리요? 종주가 더 약할 수도 있다?"

"무공으로 보면 그럴 수 있습니다. 현월문은 칠왕의 땅에서 비약적인 무공의 진보를 이뤘지요. 해서 무공으로 현월문주와 명월문주의 고하를 말하라면 전 현월문주의 손을 들어주고 싶습니다. 하지만……."

"역시 그 신비롭다는 밀교의 비전?"

"그렇습니다. 어쨌든 정통은 명월문이니 법황의 정법을 따라가기에는 현월문주의 법력이 부족할 겁니다."

"참 기이한 문파요, 월문은."

"그렇지요."

모악이 추운 듯 모피를 끌어 올려 머리를 덮으며 말했다.

"가봅시다."

철륵이 모악을 보며 말했다.

그러자 모악이 고개를 끄덕였다.

"그래야지요. 죽더라도."

모악이 눈 덮인 호수 위에 첫발을 내디뎠다.

"소식은 들으셨어요?"

"소식? 무슨 소식 말이냐?"

"풍 형님 소식이요."

신비로운 기운을 물씬 풍기는 아름다운 청년 허소월이 우서한에게 대답했다.

두 사람은 초가의 앞쪽 공터에 두 개의 나무 의자를 놓고 마주 앉아 설경을 만끽하고 있었다.

두 사람 머리 위로 떨어지는 눈은 일정한 거리가 되면 두 사람으로부터 부드럽게 밀려 나가 두 사람의 몸에는 한 송이의 눈도 떨어지지 않았다.

"그 녀석 소식이야 늘 듣지."

"이번에는 좀 심각하죠?"

허소월이 걱정스러운 표정으로 물었다. 그러자 의천노공 우서한이 자신의 머리색과 같은 눈송이 몇 개를 손에 쥐며 말했다.

"제법이더구나."

"걱정되지 않으세요?"

"걱정되는구나. 이 아름다운 평화가 깨질까 봐."

"후후, 사부님은 참 이기적이세요."

"이놈이! 스승에게 못 하는 말이 없구나. 대체 내가 뭐가 이 기적이란 말이냐?"

우서한이 짐짓 화를 내며 되물었다.

"천하는 지금 풍 형님이 일으킨 패도의 바람에 휩쓸려 들어가고 있어요. 무림삼분지계는 틀어졌다고요. 지왕종문은 멸망했고, 북두회는 지리멸렬, 그 와중에 힘없는 중소 문파들은 스스로, 혹은 협박에 굴복해 강자들의 발아래 몸을 굽히고 있지요. 천하가 이렇게 혼란한데 사부님께선 이 월하선봉의 평화로운 정취만 걱정하고 계시잖아요."

신랄하게 비판을 하는 것 같지만 사실 허소월의 얼굴에는 웃음이 만연했다.

"세상의 일은 나와 상관없다."

"아이구, 천하의 의천노공께서 그리 말씀하시면 안 되죠. 세상 사람들은 사부님께 바라는 것이 많다고요."

"그 일은 그들의 문제야. 내 문제는 오직 문(門)을 지키는 일이고. 밀교의 문을 깨려는 자가 아니라면 난 상관 안 한다."

"풍 형님이 천하를 장악해도요?"

"그래."

"풍 형님이 북두회를 멸절시키고 사백의 목을 베어도요?"

"그래!"

우서한이 단호하게 대답했다.

"하하, 사부님, 거짓말하실 때 항상 시선을 왼쪽으로 돌리시는 것 아세요?"

"내가?"

우서한이 놀란 표정으로 되물었다.

"모르셨어요?"

"음, 나도 모르는 버릇이 있었구나. 그런데 지금도 그랬느냐?"

"네."

"후우, 그랬구나. 사실 걱정이 좀 되긴 하는구나."

우서한이 한숨을 쉬며 말했다.

"천하가요? 사백이요?"

"그 아이가 걱정된다."

"풍 형님이요?"

"그래. 전마의 길을 따를까 봐 말이다."

우서한의 말에 허소월의 표정이 어두워졌다. 더 이상은 말하지 않았다. 허소월이 고개를 뒤로 젖혀 눈 내리는 하늘을 바라봤다. 그러자 우서한이 물었다.

"파마시는 이제 손에 익었느냐?"

그러자 허소월이 계속 고개를 뒤로 젖힌 채 대답했다.

"쓸 일 없을 거예요."

"그래야겠지."

우서한이 고개를 끄떡이며 시선을 돌렸다. 그의 눈에 눈 덮인 얼음 위를 비틀거리며 걸어오는 두 사람의 모습이 들어왔다.

"대체 저 녀석들은 왜 날 찾아온 걸까?"

"염화마군이요?"

"음."

두 사람은 이미 염화마군 철륵이 월하선봉에 올랐다는 사실을 알고 있었다.

월하선봉 주변에 산재한 산골 마을에는 월문의 문도들이 섞여 살고 있어서 월하선봉에 오르는 자들의 행적을 주의 깊게 살피고 있었다.

"동행한 자의 정체는 아직 모르나요?"

"짐작으로는 모악이란 자 같다 하더구나."

"모악… 아세요?"

"모르겠다, 누군지."

우서한이 고개를 저었다. 그러자 허소월의 몸이 그대로 의자에서 떠오르는 듯하더니 이내 훌쩍 땅을 딛고 섰다.

"제가 마중할게요."

"그러려무나."

우서한이 심드렁하게 대답했다. 그러자 허소월이 천천히 호수를 향해 걷기 시작했다.

눈이 덮였다고는 하지만 눈 속은 미끄러운 얼음이다. 모악과 염화마군 철륵은 가끔 눈 속 얼음 때문에 비틀거리곤 했다.

고수인 이들이 얼음판의 미끄러움을 감당하지 못하는 것은 있을 수 없는 일이지만, 염화마군 철륵의 상태가 너무 좋지 않아서 그는 물론 그를 부축하는 모악조차도 제대로 걷기가 힘든 지경이었다.

그런 그들이 한순간 걸음을 멈췄다. 더 이상 걷기 힘들어서
는 아니었다. 거짓말처럼 그들 앞에 한 청년이 서 있었기 때문
이다.

"누구냐?"

모악이 청년의 등장에 경계심을 보이며 물었다. 그러자 청년
이 빙글거리며 되물었다.

"객이 주인에게 정체를 물으면 어떡합니까?"

"주인?"

"그래요. 난 이곳의 주인이에요."

"어린 녀석이 장난이 심하구나. 이 땅은 의천노공의 땅, 어찌
너와 같이 어린 녀석이 주인을 자처한단 말이냐?"

"사부는 이제 힘이 달려서 이곳의 일을 거의 내게 맡기지요.
그러니 이 땅의 주인은 결국 내가 아닐까요?"

"사부? 그럼 의천노공의 제자?"

"그래요. 제가 그분의 한 명밖에 없는 제자지요."

"음, 우릴 마중 나온 것이구나?"

"그렇다고 볼 수 있죠."

"의천노공께선 계시느냐?"

"물론 계십니다. 그런데 이 사람은 염화마군인 것을 알겠는
데 당신은 누굽니까?"

허소월이 물었다.

그러자 모악이 자세를 바로하고 자신을 소개했다.

"법황께 전하거라, 현월문의 제자 모악이 인사드리러 왔다고."

순간 허소월의 눈이 가늘어졌다. 그의 눈에서 감히 마주 볼 수 없는 투명하고 날카로운 안광이 흘러나왔다.

순간 모악이 그 시선을 감당하지 못하고 자신도 모르게 시선을 회피했다.

그런 모악을 보며 허소월이 중얼거렸다.

"현월문의 제자라……. 이제 보니 당신이었군, 그 배신자가!"

제9장
다른 길 위에 선 자들

의천노공 우서한은 눈이 쌓여가는 호숫가에서 허름한 나무 의자에 등을 기댄 채, 비틀거리며 자신에 다가오는 염화마군 철륵과 법사 모악을 맞았다.

　허소월은 뭔가 못마땅한 표정으로 두 사람과 우서한 사이에 반쯤 몸을 들이밀고 서 있었다. 마치 철륵과 모악이 우서한에게 살수라도 쓸 것을 걱정하는 듯한 모습이다.

　"뉘신가?"

　우서한이 물었다.

　그러자 모악의 얼굴에 쓸쓸한 자괴감이 드리워졌다. 의천노공 우서한이 자신들의 정체를 모를 리 없었다.

　그의 제자라는 어린놈도 자신들을 알고 있지 않았는가. 아니, 설혹 정말 모르고 있었다 해도 언 호수 위에서 자신들과 그의 제자와 나누던 이야기를 듣지 못했을 리 없었다.

그가 누군가, 의천노공 우서한이다.

그의 능력이 강호에 알려진 것보다 훨씬 대단하단 사실을 모악은 누구보다 잘 알고 있었다.

아마 십 리 밖에서 낙엽 떨어지는 소리도 들으려면 들을 수 있을 우서한이다.

그런데 다시 그에게 정체를 묻는 것은 조롱이 아니라면 철저히 굴복하라는 압력 같은 것이다.

"현월문 이십이 대 제자 모악이 법황께 인사 올립니다."

모악이 그 자리에 부복하며 쌓인 눈 위에 이마를 가져다 댔다. 그 모습을 염화마군 철륵이 조금 놀란 얼굴로 바라보고 있다.

"네가 모악이구나."

마치 오래전부터 알아온 사람처럼 우서한이 하대를 했다.

"이런 모습으로 찾아뵙게 되어 죄송합니다."

"괜찮아, 괜찮아. 다른 모습으로 왔으면 더 좋지 않았을 거야. 무림천하라도 들고 와서 내게 협박을 해댔다면 그것참 곤란하지 않았겠느냐?"

"법황!"

모악이 두려운 듯 몸을 떨었다.

철륵도 다시 놀랐다.

모악이란 이 책사는 철륵의 주군들 앞에서도 결코 두려움을 드러내지 않던 위인이다.

그런데 이 늙고 병들어 보이는 늙은이 앞에선 고양이 앞의 쥐처럼 두려움을 넘은 공포가 그를 지배하고 있는 것처럼 보였다.

그러자 새삼 이 늙은 노인, 세상 사람들이 의천노공 우서한이라 부르는 천하제일인, 혹은 신비일맥 월문의 당대 법황이라는 이 노인이 새삼 궁금해지는 철특이었다. 물론 노인에 대해 알 건 다 아는 그이지만, 그래도 그 사람 자체에 대해선 대면해 봐야 제대로 아는 법이다.

"아무튼 환영한다. 그런데… 파문에 이른 제자가 외인을 데리고 날 찾아왔을 때는 보통 결심이 아니었을 텐데?"

우서한이 물었다.

그러자 다시 모악의 어깨가 부르르 떨린다. 파문(破門)! 얼마나 외로운 말이던가.

파문을 당하던 순간 수십 년 그의 삶이 송두리째 사라져 버리는 것을 경험한 모악이다. 그리고 새로운 터전으로 삼은 곳에서 그는 늘 외인이었다.

"죄는 달게 받겠습니다."

모악이 말했다.

"원하는 것은?"

"두 사람을 살려주십시오."

"사람?"

우서한이 되물었다. 그러자 모악이 흠칫 놀란 채 대답을 하지 못했다.

"흐흠, 사람이라……. 스스로 사람이 아니라고 생각하는 것으로 알고 있는데? 신의 피와 몸을 지녔다고 말이야. 아니 그런가?"

우서한이 이번에는 염화마군 철륵을 보며 물었다. 그러자 철륵의 얼굴이 일그러지는 듯싶더니 땅속에서 말하는 듯 깊고 어두운 목소리로 대답했다.

"칠왕의 땅에서는 그리 생각했소."

"지금은?"

"근육으로 힘을 내고, 피로 생명을 이으며, 허파로 숨을 쉬는 것을 사람이라고 말한다면, 난 지금 죽어가는 연약한 사람이라 해도 불만 없소."

"좋군, 그 깨달음을 얻었다니."

"살려주시겠소?"

"목숨만 구하길 원하나, 아니면 힘도?"

"우리 신화지혈은 힘이 없으면 죽은 것과 같소."

"허허, 대체 뭘 믿고 내가 그대의 힘을 되살려 줄 것 같은가? 지왕종문이 강호에서 한 일이 있는데."

"법황께선 강호의 일에 관여치 않는다고 들었소이다만."

"잘못 알려진 거네."

우서한이 차갑게 대답했다. 그 대답이 철륵을 잠시 당황시켰다. 그는 우서한이 월문이 강호사에 관여한다는 것을 이렇게 쉽게 인정할 줄은 생각지 못했다.

그에게 월문이란 세상 잡사에 관심 없는 척하는 위선자들의 문파 같은 느낌이었다.

"그래서 사람을 보내셨구려."

"사람?"

우서한이 의아한 표정으로 되물었다.

"지난번 초립 천무객이라는 자를 보내 지왕종문의 가지를 잘라 날 불러낸 후 성으로 들어와 이골마족과 천의비문의 의원들을 데려가지 않으셨소이까?"

"음, 그런 일이 있었나?"

우서한이 머리를 긁적였다.

"법황께서 하신 일이 아니란 말이오?"

외려 당황한 것은 철륵이다.

"글쎄… 내가 사람을 보냈다면 그댄 살아 있지 못했을 거야."

우서한이 아무렇지도 않게 말했다. 그러나 이 아무렇지도 않은 말이 실제 일어날 수 있는 일이라는 것을 철륵은 그 순간 인정하지 않을 수 없었다.

우서한은 그가 생각한 것 이상으로 거대한 인물이었다.

"그가 분명 그리 말했다고 하지 않았소?"

철륵이 모악에게 물었다.

"그렇습니다. 그럼 이번에도 사람을 보내지 않으셨습니까?"

모악이 조심스레 우서한에게 물었다.

"어디에 말인가?"

"북두회가 지왕종문을 공격하는 사이 그자는 소주의 거처

에 들어와 천의비문주 유천궁을 도와 소주를 공격했습니다
만······."

"초립 천무객이라는 자가?"

"그리 짐작하고 있습니다. 스스로 자신이 초립 천무객이라고
밝히지는 않았지만,"

"천의비문주를 도왔다고?"

우서한이 다시 물었다.

"그렇습니다."

"그래서 그 싸움은 어떻게 되었느냐?"

우서한이 호기심이 생기는지 상체를 앞으로 기울이며 물었
다.

"지왕종문의 성에서는 승부를 가리지 못하고 끝났으나 우연
히 다시 산중에서 격돌했을 때는··· 그 결과가 지금 우리 모습
입니다. 더군다나 소주께선 그자의 손에 잡히셨습니다."

"소주라 부르는 자는··· 신화지혈의 후계자인가?"

"그렇습니다."

"그가 사로잡혔다······. 어떤 병기를 쓰던가?"

우서한이 확인하듯 물었다. 그의 얼굴에는 이미 모악이 말
한 인물이 누구인지 짐작한 듯한 표정이 떠올라 있었다.

"짙은 묵색 검을 사용했는데··· 신병인 듯했습니다. 이골마족
임이 분명하고."

"됐어, 그쯤이면 알아들었다."

우서한이 손을 들어 모악의 말을 막았다.

"법황께서 보내신 자가 아닙니까?"

모악이 조심스레 우서한을 살피며 물었다. 그러자 우서한이 잠시 생각에 잠겼다가 입을 열었다.

"내가 보낸 아이는 맞다."

"역시… 그런데 왜……?"

"흠, 녀석을 강호로 보내기는 했지만 움직이는 거야 제 마음대로니까. 난 결과만 얻으면 족한 것이고. 그런데 녀석이 너무 제멋대로이긴 해."

우서한이 슬쩍 허소월을 보며 말했다. 그러자 허소월이 빙그레 미소를 지으며 대답했다.

"그럴 줄 모르셨어요?"

"아니다, 그럴 줄 알았다."

"어쩌실 거예요?"

"음, 글쎄다. 어쩔까? 네가 보기엔 어떠냐? 그 아이가 너무 많이 나아갔다고 생각하느냐?"

"글쎄요."

허소월의 어깨를 으쓱거렸다.

"그에게 소주라는 아이가 잡혔다고?"

우서한이 모악에게 물었다.

"그렇습니다."

"소주란 아이, 얼마나 알고 있느냐?"

"무엇을……?"

"밀교의 문에 대해서 말이다."

우서한이 묻자 모악이 대답을 하는 대신 고개를 숙였다.

"모두… 이야기했느냐?"

"……."

모악은 묵묵부답, 여전히 말이 없었다.

"네가 죽음을 피할 수 없는 선택을 했구나."

"법황!"

모악이 재차 눈 위에 부복했다.

"네가 현월문의 제자로 살지 않겠다고 결정한 것은 너와 현월문의 일이다. 그러나 네가 세상에 드러나지 말아야 할 비밀을 누설한 것은 나의 일이다. 그러니 널 용서할 수가 없구나!"

"비루한 목숨이나마 구걸할 따름입니다."

모악이 머리를 조아리며 말했다.

"소주라는 아이가 심성은 어떠하냐? 모든 것을 말했을 것 같으냐?"

"하고 싶어도 하지 못하셨을 겁니다."

모악이 대답했다.

"그건 또 무슨 소리냐?"

"소주는… 그와의 마지막 싸움에서 원기를 모두 뽑아 쓰다가 그대로 혼절했습니다. 아마도 특별한 비술을 쓰지 않는 이상 아주 오랫동안 가사 상태에 빠져 있을 겁니다."

"그래? 불행 중 다행이군. 그런데 그 아이의 곁에 천의비문의 의원들이 있었다고 했느냐?"

"그렇습니다."

"그럼 시간은 삼 할로 줄어들겠군."

"……."

모악이 다시 입을 닫았다. 그러자 우서한이 드디어 의자에서 일어났다. 그가 나무 지팡이를 짚고 좌우로 대여섯 걸음씩 움직였다. 뭔가를 골똘히 생각하는 모습이다.

그러다가 문득 걸음을 멈추고 모악에게 물었다.

"네가 살려달라는 사람이 둘이었다. 한 사람은 이 자고, 나머지 하나는 너 자신이냐, 아니면 소주란 자냐?"

"소주입니다."

모악이 대답했다.

"넌 죽어도 좋고?"

"……."

"하하하, 아주 맹랑한 놈이 아닌가? 애초에 내가 널 죽이지는 못할 거라 장담하고 온 것이구나. 허허허! 하긴 그러니 현월의 그늘을 벗어났겠지."

"……."

모악은 여전히 말이 없다.

"그랬겠지, 그리 생각했겠지. 한 다리 건너서라도 제자는 제자이니 목숨을 거두지는 않을 거라고. 최악의 경우라도 무공을 폐하고 뇌옥에 갇히는 정도. 뭐 그리 생각했느냐?"

"법황!"

자신의 속내를 손금 보듯 들여다보는 우서한의 추궁에 모악이 다시 머리를 조아렸다.

"썩 유쾌하지는 않지만 네 생각이 맞긴 하다. 내 손으로 널 죽일 수는 없지. 그리고 역시 밀문의 문(門)에 대한 비밀은 지켜야 하니 소주라는 아이도 데려오긴 해야겠다."

"감사합니다, 법황!"

모악이 감격한 듯 말했다.

"고마워할 것 없어. 나도 그 녀석의 진심이 궁금하던 차니까. 너희들은 잠시 뇌옥에 들어가 있어야겠다."

우서한의 말에 모악이 당황한 표정을 지었다.

"저희를 보내주시면 소주를 데려오겠습니다. 몸만 회복된다면 소주를 데려오는 일은 어려움이 없을 겁니다. 법황께서 직접 움직이실 필요야……."

"후후, 내 앞에서 간계를 쓰려는 거냐?"

우서한이 웃으며 물었다.

"간계라니요. 어찌 감히 법황님 앞에서…… 이곳에 올 때 이미 각오한 일입니다. 우릴 살려주시고 소주를 구해주시면 평생 월문의 가신으로 살아가겠습니다."

"하하하, 욕심이 크구나. 월문의 가신이라……. 세상에 어느 문파가 배신자를 가신으로 거둔단 말이냐?"

우서한이 웃음과는 반대로 차가운 안광을 흘리며 물었다.

"가신이 아니라도 좋습니다. 노예라고 칭하셔도 상관없습니다. 돌봐주신다면 평생 수족으로 살겠습니다."

"아서라. 너희들 도움, 필요치 않아. 내게도 충분한 힘이 있다. 그러니 너희들이 갈 곳은 뇌옥이다!"

"법황, 난 당신의 말에 동의할 수 없소. 난 신화지왕의… 컥!"

우서한의 결정에 반발하려던 철륵이 한순간 가슴을 부여잡고 그 자리에 고꾸라졌다. 이후에도 그는 마치 학질에 걸린 사람처럼 부르르 몸을 떨었다.

어느새 그의 앞에 다가선 우서한이 그의 정수리에 손을 얹고 있었다. 이 한 수는 그야말로 귀신과 같은 수법이어서 모악도 감히 우서한을 만류할 엄두를 내지 못했다.

"누가 너희 잡스러운 마졸 따위의 동의가 필요하다고 했느냐? 너희는 스스로를 신마로 일컬으며 사람들을 업신여기지만 내가 보기에 너희는 그저 귀신 들린 마귀일 뿐이야. 널 살려두는 것은 내 손에 피를 묻히기 싫어서이지 힘이 없거나 네놈들이 필요하기 때문이 아니다. 다행히 이곳의 뇌옥은 제법 아늑하니 지내기 불편함은 없을 것이다. 또한 목숨이 붙어 있도록 치료도 해 주마. 물론 무공을 회복시켜 주는 일은 없을 것이다. 그나마 강호에 숨어 다른 수작을 부리지 않고 날 찾아온 것에 대한 대가다. 소월!"

"예, 사부!"

"이들을 데려가라!"

"예, 사부! 그를 데리고 따라오시오."

허소월이 모악에게 말하고는 걸음을 옮기기 시작했다. 모악은 우서한에게 무엇인가 더 말을 하려 했지만 우서한은 이미 미끄러지듯 걸음을 옮겨 눈 덮인 호숫가로 이동해 있었다.

"제길!"

모악이 자신도 모르게 욕설을 내뱉었다. 그때 그의 귀에 허소월의 목소리가 들렸다.

"거기서 얼어 죽을 거요? 나야 상관없는 일이지만!"

호롱불이 가볍게 춤을 췄다.

우서한은 서탁 위에 다섯 개의 나무 화살을 올려놓고 머리를 숙인 채 뭔가를 깊이 고민하고 있었다.

그때 문이 열리면서 허소월이 찻상을 들고 들어왔다. 그러다가 서탁 위에 올려 있는 나무 화살 다섯 개를 보고는 굳은 듯그 자리에 섰다.

"왔으면 앉을 일이지 뭐 하느냐?"

우서한이 허소월은 쳐다보지도 않고 말했다.

"파마시는 갑자기 왜……?"

허소월이 조심스레 찻상을 내려놓으며 물었다.

"어떠냐? 써야 할 것 같으냐?"

"아직 확실하게 사부님의 뜻에 어긋난 것도 아니지 않습니까?"

허소월이 조심스레 되물었다.

그러자 우서한이 고개를 저었다.

"그렇지가 않아."

"이미 선을 넘었다고 보시는 겁니까?"

"그렇다. 첫째, 무림삼분의 계획을 넘어 일패의 길로 가고 있다. 좀 전에 소식이 왔는데 북두회 육가의 명화산 회합에 참석한 강호 문파의 수가 육가를 제외하고는 열이 되지 않는다고 하는구나. 그들조차도 강호의 강자들이 아니고 말이다. 천하의 문파들이 천무맹으로 몰려들고 있다. 개봉 인근에 있는 천무맹의 장원은 더 이상 찾아오는 자들을 수용할 수 없어 하북 북제산이란 곳에 성곽을 갖춘 거대한 장원을 준비하고 있다고 한다."

"형님이 천무맹의 힘으로 무림에 군림하리라 보시는 건가요?"

허소월이 물었다. 그러자 우서한이 씁쓸한 미소를 지으며 물었다.

"이 녀석아, 여전히 형님이냐?"

"제가 이 파마시들을 형님께 쓰는 날이 올지언정 형님은 형님이지요."

"후우, 인연은 세대를 거쳐 이어진다더니……."

우서한이 혀를 찼다. 그와 전마 적황의 관계가 허소월과 적풍에게 이어진 것 같은 우울함이 묻어났다.

"선을 넘었다고 보시는 다른 이유는요?"

허소월이 물었다.

"정작 중요한 것은 이거다. 천무맹이 천하를 병탄한다고 해도 이 두 번째 선을 넘지 않는다면 난 녀석을 인정할지도 모른다. 그러나 녀석은 두 번째 선을 넘으려는 것 같다."

"설마 형님이 밀교의 문을 열려 한다고 생각하시는 건가요?"

허소월이 놀란 눈으로 되물었다.

"아직은 아니다. 하지만 점점 그 길로 가는 것 같구나."

"왜 그렇게 생각하세요?"

"녀석이 지왕종문의 소주 우다문이라는 놈을 데려갔기 때문이다."

"그야 당연히 그를 제압하려 했겠지요. 자신의 적인데."

"문제는 녀석이 그를 죽이지 않고 데려갔다는 것이다. 그건 곧 그에게서 듣고 싶은 말이 있다는 거지. 내가 해주지 않은 말, 자신의 피와 지왕종문의 연원에 관한 이야기 말이다. 그걸 듣게 되는 순간 녀석은 반드시 밀교의 문을 열려 할 것이다."

"아닐 수도 있잖아요?"

"아니, 분명히 그러하다. 사람은 호기심을 참는 존재가 아니다. 세상의 모든 화(禍)는 바로 그 호기심이란 놈으로부터 시작되는 법이니까."

"하지만 일어나지 않은 일로 형님을 제거하려 하시는 것은 불공평해요."

"이놈, 어린애 같은 소리를 하느냐? 세상사 공평함으로 이뤄지는 일이 얼마나 된다고!"

"그래도 형님께 당장 파마시를 쓰는 것은 반대입니다."

"누가 당장 파마시를 쓰자 했더냐."

"그럼요?"

"한 번의 시험은 해야겠지."

"어떤 시험이오?"

"네가 다녀오너라."

의천노공 우서한이 파마시 하나를 허소월에게 건네며 말했다.

"……?"

"가서 내 말을 전하거라. 그놈을 내어달라고 해. 지왕종문의 소주라는 녀석 말이다. 순순히 내어주면 네 말대로 녀석이 문에 대해 직접적인 욕심을 내기 전까지 기다려 주마. 그러나 우다문이란 녀석을 끝까지 내어주지 않는다면 그땐 기다려 줄 수 없는 일이다."

우서한이 단호하게 말했다.

"그래서 이걸 가지고 가서 제안을 받아들이지 않으면 형님을 죽이라고요?"

허소월이 우서한에게 건네받은 파마시를 들어 보이며 물었다.

"할 수 있다면 그리하거라. 물론 넌 하지 못할 것이다. 그러니 내가 그 파마시를 네게 준 것은 녀석을 죽이란 뜻이 아니다. 단지 너 자신을 보호하란 의미지. 녀석을 죽여야 한다면 아직 내 팔에 힘이 남아 있으니 내가 하마. 네게 그 짐을 지우지는 않겠다."

"그 말은 만약의 경우 형님이 절 공격할 수도 있다는 건가요?"

"…사람을 어찌 믿노."

"아니요, 형님은 절대 그럴 일 없을 겁니다."

"어리구나, 아직은."

우서한이 나직하게 탄식했다. 그러자 허소월이 불만스러운 표정으로 침묵을 지키다가 물었다.

"사백님은 어쩌실 거예요?"

"음……."

우서한이 대답을 하지 못하고 신음 소리를 냈다. 묵안노 마한은 그에게 가장 곤란한 존재였다.

그에게 하독을 하기는 했지만 죽지 않을 정도였고, 그의 뜻에 반해 세상사에 깊이 관여했지만 사형으로서 그 정도 권리는 있다고 보는 우서한이었다.

"월문의 법에 따르면 적풍 형님보다 사백님의 목숨을 먼저 거둬야 합니다."

허소월인 냉정하게 말했다.

"그러나 어찌 사형을 죽이랴. 아픔이 많은 분이다."

"적풍 형님에 대한 제 생각이 바로 그렇습니다. 그러니 충분히 시간을 주세요. 저와 형님에게."

"이 녀석, 날 궁지로 모는구나. 허허!"

우서한이 허탈한 웃음을 흘렸다.

"기다려 주시겠지요?"

허소월이 다짐을 받아야겠다는 듯 물었다. 그러자 우서한이 잠시 침묵을 지키다가 대답했다.

"일단 뜻대로 하거라. 하지만 이걸 알아야 한다. 내가 사형에게 여지를 두는 것은 사형이 십자성주인 그 녀석보다 선해서가 아니다. 선하기로는 그 녀석이 낫지. 그럼에도 내가 사형보다 그 녀석을 견제하는 것은 녀석이 사형보다 몇 배 위험한 사람이기 때문이다. 사형은… 사실 그리 두려운 사람이 아니다. 하지만 녀석은… 위험한 피를 가지고 있지."

"또 이골마족에 대한 이야긴가요?"

허소월이 식상하다는 표정으로 되물었다.

"이골마족에 대한 이야기가 아니라 전마 적황의 피에 대한 이야기다. 녀석이 모든 사실을 알았을 때 어찌 나올지… 넌 그걸 감당할 수 있겠느냐?"

"비밀은 지켜질 겁니다."

"그러기 위해선 우다문을 데려와야 한다. 그래서 내가 널 보내는 것이고."

"알았습니다. 그가 깨어나기 전에 반드시 데려오지요."

"둘 중 하나만 선택해도 난 녀석을 그냥 놓아둘 거다."

"둘이라뇨? 우다문 하나 아니었나요?"

"녀석에게 또 한 번의 기회를 주는 거지. 날 보러 오라고 해라. 우다문을 직접 데리고."

"그건……."

허소월이 불편한 표정을 지어 보였다.

"쉽지 않겠지? 거부해도 상관없다. 우다문만 네게 내어주면 나로선 녀석에게 최대한 기회를 주고 싶구나."

허소월은 스승 우서한의 얼굴에서 어떤 간절함 같은 것을 보고 있었다.

천산노조 현위, 소림의 월명. 정사양도를 대표하는 두 명의 고수가 산서의 작은 산장을 찾았다.

워낙 외진 곳에 있어 길잡이가 없다면 찾기 힘든 곳에 위치한 낡은 산장을 바라보는 두 사람의 표정은 무척 우울해 보였다.

"결국 왔구려."

현위가 자조하듯 말했다.

"어쩔 수 없는 일 아니오."

전륜법사 월명이 무심하게 대답했다. 그러자 현위가 걸음을 늦추며 말했다.

"생각해 보면 그는 본래 그리 대단한 사람은 아닌 듯싶소이다."

"누구 말이오?"

"묵안노 말이외다."

"그게 무슨 소리요? 우린 지금 그에게 도움을 청하러 가고 있소. 북두회를 와해의 위기에서 구해줄 수 있는 사람은 오직 그뿐이기 때문이오. 그런데 그가 대단한 사람이 아니라니… 무슨 뜻인지 모르겠구려."

"우리가 그를 찾아가는 이유는 그의 힘을 빌리기 위해서가 아니지요. 정확히는 의천노공의 도움을 얻기 위해서 아니오?"

"그야 그렇소이다만……"

"그런 뜻에서 드린 말이오. 생각해 보면 북두회의 회합을 이끌어내고, 이골마족을 추살하고, 또 세상이 느끼지 못하는 사이 북두회를 무림의 중심을 만든 것은 그가 아니라 의천노공이란 이름이 아니었나 싶구려."

현위의 노련한 시각에 월명도 동의했다.

"생각해 보니 노조의 말씀이 맞는 것 같구려. 호가호위… 묵안노는 결국 의천노공의 이름을 등 뒤에 두고 있었기에 강해 보인 것 같소. 지금도 우린 사실 의천노공의 힘이 필요한 거지 그가 필요한 것은 아니니까."

"후후, 사람은 거리를 두고 봐야 본색을 알 수 있다고, 비록 그의 도움을 청하러 가고 있기는 하나 이제 난 묵안노가 두렵거나 경계심이 들지 않소. 그는 큰 인물이 아니오."

현위가 단정하듯 말했다.

"그렇게까지 생각하신단 말이오?"

"그의 재주가 비상한 면이 없다는 것은 아니오. 무공도 대단했소. 하지만 그의 심성이……."

"심성(心性)이 재주를 가린다고 보시오?"

월명이 금세 천산노조 현위의 말을 알아들었다.

"그렇소이다. 돌이켜 보면 그는 자신이 가진 능력을 우직하게 드러내는 대신 어둠 속에서 계책을 꾸며 세상을 움직이는 것을 즐겼소. 그리고 이번에는 자신에 대한 비난을 견디지 못하고 북두회를 떠난 후 본 회가 어려워진 것을 기회로 자신의 이득을 챙기려 하고 있소. 이는 참으로 소심한 자의 행보가 아니겠소?"

현위의 말에 경멸감이 가득하다. 천산노조 현위의 명성을 생각하면 당연한 일이었다.

그는 천산마문의 문주가 된 이후 간교한 술책보다는 힘으로 천하마도를 장악한 인물이다. 그래서 정파의 무인 중에도 현위의 행보를 존경하는 사람이 여럿 있었다.

"인간이란 본래 그런 것 아니겠소?"

월명이 묵안노의 입장을 변명하듯 말했다.

"그래서 하는 말이오. 그저 보통 사람과 같은 심성을 가지고 있다면 아무리 무공이 뛰어나고 계책이 풍부해도 큰 사람이 되기 어렵소. 대범하지 못한 자는 무리의 우두머리가 될 수 없는데 그의 행보는 아녀자의 심사보다도 못한 것 같소. 그가 월문의 법황이 되지 못한 것에는 다 그런 이유가 있는 것 같소."

"그 말씀은 그의 앞에서 절대 하지 마시오."

월명이 주의를 줬다.

"물론이오. 나도 그가 사제에게 월문의 문주 자리를 내어준 것을 얼마나 굴욕적으로 생각하는지 알고 있소."

"아무튼 그를 잘 구슬려서 의천노공을 산 아래로 내려오게 해야 하오. 그만이 천하의 중심을 다시 북두회로 돌릴 수 있소."

"알겠소이다. 어쩌겠소, 속 좁은 자의 마음을 돌리려면 최대한 비위를 맞춰야지. 후우."

현위가 나직하게 한숨을 내쉬었다.

묵안노 마한의 얼굴에 한 줄기 미소가 지어졌다.

"어찌할까요?"

그의 앞에서 이제자 황옥이 물었다.

"만나야지."

"이리로 데려올까요?"

"그러려무나."

마한이 고개를 끄떡였다. 그러자 황옥이 서둘러 그의 거처를 나갔다. 황옥이 나가자 대제자 돈오가 조심스레 물었다.

"다시 명화산으로 가시겠습니까?"

"그들이 내놓는 패를 보고."

마한이 대답했다. 그러자 돈오가 잠시 망설이다가 입을 열었다.

"명화산에 간다 한들 천하의 정세를 돌릴 기회가 있을지 모르겠습니다. 들리는 소문에 의하면 이번 북두회 회합에 참석한 가문이 십여 가문에 지나지 않는답니다. 더군다나 그 열 모두 중소 문파. 북산맹이든 천마맹이든, 혹은 정천육문이나 오대세가에서조차도 명화산에 온 문파가 없답니다."

돈오의 말에 마한의 표정도 어두워졌다.

"어려운 일이긴 하다. 그러나 일이 어려울수록 얻는 것이 많은 법이지."

"어찌하실 요량이신지……?"

"육가가 하지 못하는 일을 하면 된다."

"예?"

"육가가 각 파벌의 강자들을 초대하지 못한 이유는 여전히 그들이 권력과 이득을 다른 문파와 나눌 생각을 하지 않기 때문이다. 정중한 초대는 아무런 유인책도 되지 못한다. 오직 이득이 있어야 그들은 움직일 거야. 그러나 육가 스스로는 그 일을 할 수 없지. 중이 제 머리 깎는 걸 봤느냐?"

"하지만 그렇게 한다고 강호의 문파들이 움직일까요?"

"하나가 중요하다. 제대로 된 문파 하나만 움직이면 나머지는 스스로 움직일 게다. 난 그 계기를 만들 수 있을 거라 생각한다."

마한이 자신 있게 말했다.

그때 문밖에서 황옥의 목소리가 들렸다.

"스승님, 두 분을 모셔 왔습니다."

"모셔라!"

마한이 침착한 목소리로 대답했다.

콱!

마한의 손에 힘이 들어갔다. 얼마나 힘주어 잡았는지 그의 옷자락 일부가 찢어진 듯 보였다. 분노한 그의 시선이 월명과 천산노조 현위를 죽일 듯이 노려봤다.

월명과 현위는 두 사람대로 마한의 지나친 반응에 불쾌한 표정을 드러냈다.

대체 자신들이 한 말이 마한을 그렇게 분노하게 만들 말이었는지 이해가 되지 않았다.

"지금 뭐라 하셨소?"

마한이 다시 물었다.

"묵안노께서 월하선봉에 다녀와 주십사 부탁드린다고 했소이다."

현위가 냉랭한 표정으로 말했다.

부탁이야 들어줄 수도 있고 거절할 수도 있었다. 그런데 마치 원수를 보는 듯한 이 시선은 뭐란 말인가.

"그 말을 하려고 여기까지 오신 거요?"

"그렇소이다. 의천노공을 모시는 일이 어디 가벼운 일이겠소?"

월명이 분위기를 누그러뜨리려는 듯 부드럽게 말했다. 그러자 마한이 단호하게 말했다.

"불가하오!"

너무도 단호한 마한의 대답에 월명과 현위의 얼굴이 당혹감으로 물들었다.

"물론 의천노공께서 강호의 일에 관여치 않으시는 것은 알고 있으나 지금 강호의 정세가……."

"왜 육가는!"

마한이 갑자기 월명의 말을 끊었다. 그러고는 자신의 마음을 진정시키려는 듯 잠시 말을 쉬었다가 다시 낮은 목소리로 물었다.

"왜 육가는 스스로 자신들의 문제를 해결하려 하지 않으시오?"

"우리가 노력을 안 했다고 말씀하시는 거요?"

현위가 화난 얼굴로 물었다.

"상대는 겨우 천무맹이오. 십자성과 혈궁 두 문파가 만든 천무맹 말이오. 그런데 육가가 그들을 상대하기 위해 의천노공의 힘까지 필요하오? 아니, 그들이 검은 사자라도 된다는 거요?"

"그건 아니지만… 지왕종문에 대한 원정 이후 우리 육가의 손실이 워낙 깊어 함부로 고수를 움직이기 어렵소. 이런 때에 의천노공께서 하산하시어 천무맹을 강호의 적으로 지목하고 천하의 무가와 고수들을 부르시면 삽시간에 천무맹은 고립될 것이고, 명화산은 다시 천하의 중심이 될 것이오. 의천노공의 말 한마디에 말이오."

월명이 간곡하게 마한을 설득했다. 그러자 마한이 차갑게 되물었다.

"그 이후에는 어쩔 생각이오?"

"…그게 무슨 말이오?"

"그렇게 의천노공의 힘으로 천무맹을 제거하고 나면 이후엔 또 의천노공은 월하선봉으로 가고 당신들 육가는 다시 북두회란 이름으로 천하를 지배하는 것이오?"

"지금은 우리 육가의 이득을 논할 때가 아닌 것 같소."

"후후후, 지금 천무맹이 문제가 되는 것은 오직 북두회의 군림에 장애가 되기 때문이오. 이득에 관심이 없다면 천무맹을 인정하면 그만 아니오? 그들이 지왕종문처럼 무림에 커다란 혈겁을 일으킨 것도 아니고."

마한의 추궁이 매섭다.

월명이 더 이상 할 말이 없다는 듯 고개를 저으며 입을 닫았다. 그러자 천산노조 현위가 차가운 목소리로 물었다.

"그럼 이제 묵안노께선 결심하신 대로 강호의 일에 관여치 않으실 것이오?"

"안타까운 일이나 그렇소."

마한이 대답했다.

"후우, 그럼 어쩔 수 없구려. 우리 스스로 방법을 강구하는 수밖에. 대사, 그만 가십시다. 불가능한 일이라면 서둘러 명화산으로 돌아가야 합니다. 그래야 그나마 북두회를 지킬 최소한의 대책이라도 마련할 수 있을 겁니다."

"그럽시다."

월명이 고개를 끄떡였다. 그러고는 서둘러 자리에서 일어나 묵안노에게 합장을 하며 말했다.

"강호의 번잡함을 잊고 초야에 은거하시겠다는 분을 번거롭게 해드렸소이다. 우린 강호의 정세가 급박하니 그만 돌아가 보겠소. 혹 강호에 나오실 일이 있으면 명화산에 한번 들러 고견을 들려주시길 바라겠소. 하면!"

월명이 다시 한 번 합장을 하고 신형을 돌렸다. 천사노조 현위는 그저 가볍게 눈인사만 하고 마한의 처소를 벗어났다.

두 사람이 떠나자 묵안노 마한의 얼굴이 서서히 일그러지기 시작했다. 그러다가 그대로 손을 들어 서탁을 내려쳤다.

픽!

묵안노의 손에 서탁이 단숨에 박살이 났다.

"스승님, 고정하십시오!"

돈오가 서둘러 마한을 진정시켰다.

"와서 겨우 한다는 소리가 내게 사제를 불러달라고? 겨우 그 따위 심부름을 시키기 위해 날 원했다는 것인가?"

마한이 분노에 겨워 부르르 몸을 떨었다.

어쩔 수 없이 느껴야 하는 자괴감. 사제이자 월문의 법황인 의천노공 우서한에 대한 열등감이 그를 주체할 수 없게 만들었다.

"그들로선 가장 쉬운 방법을 찾을 수밖에 없었을 겁니다."

오히려 대제자 돈오가 침착했다.

"그래, 그랬겠지. 나약한 자들 같으니라고!"

마한의 눈에서 분노의 기운이 뚝뚝 떨어져 내렸다.

"이제 어쩌실 생각이신지요?"

이제자 황옥이 조심스레 물었다.

"새로운 방향에서 물길을 내야겠다."

마한이 대답했다.

"새로운 방향이라시면……?"

"연경으로 가겠다."

"연경에요?"

돈오가 놀란 표정으로 되물었다.

"도연이 연왕을 움직일 수 있을 것이다."

"설마 관을 동원하겠다는 것입니까?"

"현재로선 최선이다."

"하지만……."

"반대냐?"

"무림의 일에 관을 끌어들인 것을 알게 된다면 무림인들이 등을 돌릴 것입니다."

"아무래도 좋다. 정병으로 천무맹과 북두회를 장악하고 나면 그 이후의 일이야……."

"……."

돈오는 묵묵부답 말이 없었다. 여전히 반대인 모양이다. 그러나 마한은 고집을 꺾지 않았다.

"그리 알고 준비하거라. 구룡도 불러라!"

마한의 명에 돈오와 황옥이 말없이 고개를 숙여 보이고는 마한의 처소를 벗어났다.

제10장
한번 싸워볼까?

천하가 손안에 굴러 들어오는 것이 눈에 보였다.

지왕종문이 멸망한 지 채 반년이 지나기도 전에 천무맹에 합류한 강호 문파의 수가 근 오십에 육박했다.

그중에는 전대의 패자들이던 북산맹과 천마맹, 그리고 정천 육문과 오대세가에 속한 자들도 있었다.

며칠 전에는 황궁에서도 사람이 다녀갔다.

물론 적풍은 궁(宮)에서 나온 사람을 만나지 않았다. 융숭한 대접과 덕담이 오고 가는 자리에 나간 사람은 적풍이 아니었다.

그 일을 도맡아 처리한 사람은 혈궁의 궁주인 혈왕 종고로, 이런 일에 아주 적합한 인물이었다.

세상이 천무맹을 중심으로 움직일수록 혈왕 종고의 쓰임새는 점점 많아졌다.

적풍이 운중룡, 장막 속의 지배자로 사람들에게 신비함과 두려움을 주는 존재가 되어가고 있다면, 혈왕 종고는 천무맹의 전면에서 천무맹으로 몰려드는 천하의 권력들을 즐겁게 향유하고 있었다.

그의 권력 놀이를 적풍은 크게 개의치 않았다.

권력을 쓰는 자가 없으면 사람들은 그 권력의 존재를 잊는다는 어둠의 스승 고력의 충고 때문은 아니었다.

그보다는 혈왕 종고가 권력을 향유하는 만큼 그 이상의 일을 처리해 주고 있었기 때문이다.

세상 잡사에 대처하는 일은 경험이 필요한 일이다. 더군다나 천무맹에 모여드는 자들의 성정은 천차만별, 그들을 노련하게 다루는 데는 혈왕 종고만 한 사람이 없었다.

간혹 본성을 잊지 못하고 포악하게 구는 경우도 종종 있었지만, 종고 역시 세상을 공포로만 지배할 수 없다는 것 정도는 충분히 알고 있는 사람이어서 한계를 넘지는 않았다.

물론 혈왕 종고의 군림을 못마땅해하는 사람도 없지는 않았다.

그 대표적인 인물이 유령마군 사혼과 우마의 스승 마도충이었다. 그들은 천무맹의 중심은 십자성인데 혈왕 종고가 아무런 공(功)도 없이 천무맹의 주인이 되어간다고 안타까워했다.

아니, 정확히는 시기와 질투였다.

혹사회를 이끌며 오랜 세월 굴욕과 멸시를 받아온 그들은 세상의 중심에서 권력을 즐기고 싶은 욕망을 억누르기 힘들었다.

그들이 욕심을 드러낼 때마다 적풍의 대답은 한결같았다.

"오래 살고 싶으면 십자성이나 잘 간수하세요."

거짓으로 한 말은 아니었다. 협박도 아니었다. 그건 진정한 충고였다.

적풍은 천하의 중심이 되어가는 천무맹을 보면서도 이것이 진정한 군림이 아님을 알고 있었다.

물론 북산맹과 정천육맹, 오대세가와 천마맹은 거의 와해되었고, 북두회는 지왕종문과의 싸움에서 입은 막대한 피해와 천무맹에 굴복했다는 굴욕으로 그 세가 급락했으므로 당장은 천무맹의 적수가 될 수 없었다.

그러나 그럼에도 불구하고 적풍은 천하가 천무맹의 손에 들어온 것이 아니라는 것을 명확히 알고 있었다.

왜냐하면 여전히 한 사람의 이름이 천무맹, 혹은 십자성 위에 존재하고 있었기 때문이다.

의천노공 우서한. 은연중에 그를 찾는 이들이 늘어나고 있음이 시시각각 적풍의 귀에 들어오고 있었던 것이다.

"그를 상대하는 것은 무척 곤란한 일입니다."

고력이 어둠 속에서 말했다.

천하가 손에 들어올수록 적풍의 신경을 긁고 있는 의천노공 우서한에 대한 일을 상의할 사람은, 인정하기 싫지만 오직 한 명뿐이었다.

야문의 어둠의 스승이라는 고력, 그만이 의천노공 우서한에 대해 충고해 줄 수 있었다.

아마 다른 사람이라면, 그것이 설혹 그의 스승인 유령마군 사혼이나 혹은 그의 충실한 추종자 쿠샨이라 할지라도 적풍이 의천노공 우서한을 결국 싸워야 할 상대로 생각하고 있다는 것을 아는 순간 그의 곁을 떠날 수도 있었다.

그만큼 우서한의 존재는 세상이 느끼는 것보다 크고 강력했다. 그리고 그 사실을 천하가 자신의 손에 굴러들어 오는 시기가 되자 더욱더 명확하게 깨닫고 있는 적풍이었다.

"몇몇은 그를 만나라고 충고하더구려."

적풍이 대답했다.

"그게 바로 세상인심입니다. 마치 황제가 제후국의 왕을 추인하는 것처럼 무림의 지배자가 되려면 그의 동의가 있어야 한다고 생각하는 자가 많지요. 정천육문이나 오대세가 출신들은 더더욱 그러할 겁니다. 물론 북두회 육가만큼은 아니겠지만."

"그가 개입하겠소?"

"그야 저보다 주군께서 더 잘 아시지 않습니까?"

"아니, 솔직히 모르겠소."

"……?"

"그가 용인해 줄 수 있는 한계점이 무림인지 아니면 또 다른 무엇인지 말이오. 솔직히 무림이라면 이미 난 그가 용인한 한계를 넘었소."

"하긴 무림삼분의 영역은 이미 넘어서셨지요."

고력이 동의했다.

"그래서 궁금한 거요. 그가 내게 요구한 일을 넘어선 상황이 된 지금 그가 어떻게 나올지……"

적풍의 말에 고력이 잠시 생각에 잠겼다가 입을 열었다.

"저로서도 그 일은 예측하기 어렵군요. 사실 과거 그가 전마께 살수를 쓴 이유는 무림에 대한 문제는 아니었으니까요. 적어도 제가 생각하는 것은 그렇습니다."

"혹시 말이오."

적풍이 말꼬리를 흐렸다.

"말씀하십시오."

"당신의 그 선조라는 사람이 월문의 선대들과 함께했다는 그 일, 정확히 알고 있소?"

적풍이 확인하듯 물었다. 처음 고력을 만났을 때 그는 자신의 선조가 월문에 배신당했음은 알고 있었지만 그들이 함께하던 일이 정확히 무엇인지는 모르는 듯 보였었다.

"정확히는 모르지만 하나의 거대한 기관진식을 만드는 일이었다고 전해지고 있습니다."

고력이 대답했다.

"그들은 그걸 천기자와 밀교의 문이라고 하더이다."

"그게 뭔지 알고 계셨습니까?"

고력이 놀란 표정으로 되물었다. 얼마나 놀랐는지 얼굴이 거의 적풍 앞에까지 다가왔다.

"정확히는 나도 모르오. 하지만 그 문(門)을 지키는 것이 월문 법황의 업(業) 중 하나라는 말을 들었소. 물론 그에 대해 정확히는 모르오. 그보다는 우리 신혈족의 발호를 막는 것이 월문 법황의 가장 중요한 책임이라고 말했으니까."

"그건 거짓입니다."

"나도 그렇게 생각하오. 만약 그랬다면 그 일을 사형인 묵안노에게만 맡겨두지는 않았을 거요. 아마도 선후를 바꾸어 말한 것 같은데⋯ 대체 그 문이 뭘까 하는 의문이 드오. 그리고 어쩌면 전마의 죽음도 그와 연관이 있지 않을까 생각되오만⋯⋯."

적풍의 말에 고력이 고개를 끄떡였다.

"확실히 그런 면이 있었지요. 말씀드렸듯이 전마께선 천하에 대한 욕심은 없었으니까요. 그와 은밀히 이야기를 나누며 무엇엔가 깊이 빠져 계신 듯한 모습이었습니다. 그리고 그럴 때마다 의천노공의 표정은 어두워져 갔지요."

"그래서 말이오, 혹 저자가 전마와 의천노공, 그리고 월문이 가지고 있는 비밀을 푸는 단초가 되지 않을까 하는 생각이오만⋯⋯."

적풍이 어둠 속에 죽은 듯이 누워 있는 우다문을 가리키며 말했다.

우다문은 지왕종문에서와 같은 모습으로 누워 있었다. 옥관에 들어가 있는 그의 모습이 여인처럼 아름다웠다.

사람의 겉모습과 속이 다른 것을 이렇게 극명하게 보여주는 사람도 없을 듯하다는 설루의 말에 동의하지 않을 수 없는 모습이다.

청옥관을 만드는 일은 고력이 맡아 했다. 그는 천기자의 후손답게 어디서 청옥을 구할 수 있는지 정확히 알고 있었고, 무림의 지배자가 되어가는 천무맹의 힘은 곤륜산 오지에서 관을 만들 청옥을 단 한 달 만에 신곡으로 가져왔다.

그때 고력이 물었다. 이 화근 덩어리 같은 인간을 뭐하러 이렇게 정성 들여 살려야 하느냐고.

그리고 오늘에서야 고력은 적풍에게 그 대답을 듣고 있었다.

"이제야 주군께서 저자를 살리려 한 이유를 알겠습니다. 그런데 그리 생각하시는 이유가 있습니까?"

"그건 의천노공이 날 강호에 내보낸 이유 때문이오. 저자들, 지왕종문의 발호 때문이었으니 어떤 식으로든 연관이 있단 뜻 아니겠소? 적어도 그가 강호의 패권에 관심 없다면 말이오."

고력에게 말할 수 없는 것도 있었다. 사자검과 우다문이 가지고 있던 그 불덩이 같은 검에 대해서.

하지만 고력을 이해시키기엔 그 정도로도 충분했다.

"그렇군요. 그가 단지 지왕종문이 강호에 위협이 된다고 주군을 강호에 내보지는 않았을 겁니다. 확실히 저자는 살릴 이유가 있군요."

"살릴 수 있겠소?"

적풍이 물었다.

"저는 어렵습니다. 의술을 모르는 것은 아니지만 천의비문이 있지 않습니까?"

"루가 동의하지 않소."

적풍이 대답했다.

"주모께서요?"

"이자가 싫은 모양이오. 살려두면 화근이 된다 생각하는 것 같소."

"기우는 아니지요. 위험한 인물은 분명합니다."

"고민이 되는구려."

"일단 이대로 두시죠. 당장 죽지는 않을 겁니다. 죽고 살리는 거야 좀 미뤄도 될 듯싶습니다만……."

"그럽시다. 일단 그가 어찌 나오는지 두고 봅시다."

적풍이 말했다.

"북두회는 걱정하지 않으십니까?"

고력이 물었다.

"그들은 이제 혈왕 혼자서도 감당할 수 있을 거요."

"후후, 생각해 보면 참 쓸모가 많은 사람입니다."

"혈왕 말이오? 그만큼 이득도 챙기는 자요."

"그렇긴 하지요. 과거 혈마련에 몸담았다가 지왕종문에 투신한 백혈귀곡과 사림의 주인들이 벌써 여러 달째 그의 문전에서 박대를 당하고 있다고 하더군요."

고력이 웃음을 지으며 말했다.

그런데 그때 두 사람이 이야기를 나누는 석실 밖에서 사람의 인기척이 들리더니 이내 설루가 모습을 드러냈다.

"여기서 뭣들 하세요?"

"그냥 이런저런 이야기를 나누고 있었습니다."

고력이 웃으며 설루를 맞았다.

그러자 설루가 석실 안으로 걸어 들어와 한쪽에 놓인 우다문의 관을 보며 눈살을 찌푸렸다.

"저자는 언제까지 저렇게 둘 거야?"

"염화마군이나 모악이란 자를 잡을 때까지는 살려둘 필요가 있어."

적풍이 둘러댔다.

"소름 끼치는 자야. 깨어 있지도 않은데 모든 걸 보는 것 같아."

설루가 못마땅한 표정으로 중얼거렸다.

"그러면서 여긴 왜 왔어? 이곳 싫어하잖아?"

"아 참, 손님이 왔어."

"손님? 신곡에?"

북십자성의 본거지 신곡에는 손님이 오지 않는다. 왜냐하면 이곳에 들 수 있는 사람은 오직 북십자성의 사람뿐이기 때문이다.

"그러게, 그런데 왔네."

"누가 데려왔지?"

"비마대주가."

"우마가?"

적풍이 놀란 표정으로 물었다.

우마는 적풍의 분신과도 같은 존재이다. 그건 단지 적풍만 그리 생각하는 것이 아니었다. 십자성의 모든 고수, 그리고 천무맹의 주요 고수들도 우마의 존재와 중요성을 알고 있었다.

적풍이 부재할 때 우마가 그 자리를 대신해도 전혀 이상하지 않은 두 사람의 관계였다.

그러므로 우마도 신곡 북십자성의 중요성을 누구보다 잘 알고 있었다.

비밀스럽고 신비스러우며 한편으로는 공포를 주어야 하는 북십자성이다.

그러기 위해 강호에 그 실체를 드러내지 않아야 하며, 사람들의 무의식 속에 세상에 대한 지배력을 가지고 있는 존재로 인식되어야 하는 북십사성이었다.

그런데 그런 곳에 외인을 데리고 왔다. 평소 우마라면 죽을지언정 선택할 수 없는 일이었다.

"어떤 자지?"

적풍이 물었다.

"어리던데."

"어려?"

"응, 이십 대 중반이 아직 안 된 것 같기도 하고, 아니, 넘었을지도 모르지만 외모로는 소년 같아 보였어."

"대체 누굴까?"

적풍이 심각한 표정으로 중얼거렸다.

"가서 만나보면 되지."

설루가 적풍의 팔짱을 꼈다. 고력이 앞에 있음에도 설루의 행동에는 거침이 없었다.

적풍 역시 이런 설루의 행동이 익숙한지 아무 말 없이 그녀를 따라 석실을 나섰다. 그러자 고력이 시선을 돌려 우다문이 들어 있는 관을 바라보며 중얼거렸다.

"저놈이 생각지도 않은 큰 복이 될 수도 있겠어. 우서한, 선대의 은원은 모르겠고 너와 나의 은원은 반드시 가리겠다. 네가 그토록 지키려는 그 문이란 것을 반드시 성주가 깨도록 만들겠다. 그 안에 대체 뭐가 들었기에 그토록 지키려 하는지도 궁금하고. 이제 얼마 안 남았어. 호수가 다시 산이 되는 날, 네가 내게 한 일을 뼈저리게 후회하게 될 것이다."

고력의 눈이 끝을 알 수 없을 만큼 깊어졌다.

그리고 그의 입에서 흘러나온 말은 그가 밀교의 문(門)에 대해 적풍이 해준 이야기보다 훨씬 많을 것을 알고 있다는 것을 의미하고 있었다.

석실에서 나온 적풍은 자신과 설루의 거처가 있는 석동을 벗어나 밖으로 나왔다.

석동 입구를 가리고 있는 몇 그루의 소나무를 지나자 신곡이 한눈에 들어왔다.

신곡은 그사이 많이 변해 있었다.

들어선 건물만도 이십여 채, 그러고도 더 많은 건물이 지어
지고 있었다.

북두회를 떠난 정천림의 정천사자들은 모두 신곡에 들어왔
다. 그들은 강호에 나가 북두회에 맞서 싸우기를 원했으나 적
풍은 그것을 허락하지 않았다.

적풍은 북두회와의 싸움에 신혈족이 개입하는 것을 원치 않
았다. 천무맹이 무림의 패권을 차지하는 것이 신혈족의 군림으
로 받아들여지는 것을 경계했기 때문이다.

그 스스로 쿠샨, 혹은 고력의 조언대로 넓은 세상에서 모래
한 줌만큼도 되지 않는 신혈족으로서는 태생적으로 은거의 삶
을 살 수밖에 없다는 것을 인정하고 있기 때문이었다.

적풍은 단지 무림의 패권을 잡는 자들이 신혈족을 적대하지
않고 그 존재를 인정하는 것으로 족했다.

애초에 검은 사자들의 시간이 없었으면 평화롭게 살아갔을
신혈족이다.

그래서 그 이전의 상태로 돌아가는 것, 조금 더 욕심을 내자
면 신혈족이 자신들을 지킬 힘을 갖는 것을 무림의 지배자들
이 인정하는 것 정도가 적풍이 욕심내는 전부였다.

물론 그와 별개로 적풍 개인의 야망은 달랐다. 그는 십자성
과 천무맹이 만들어가는 이 거대한 군림의 무림 역사에서 일
종의 쾌감 같은 것을 느끼고 있었다.

아무튼 정천사자들을 신곡으로 들였기 때문에 신곡에는 훨
씬 많은 건물이 필요했다.

"어디 있지?"

송림을 벗어난 적풍이 설루에게 물었다.

"동쪽 망루에 있을 거라고 했어."

설루의 대답에 적풍이 고개를 끄떡이고는 신곡에 서 있는 세 개의 망루 중 동쪽 망루로 걸음을 옮겼다.

알 수 없는 일이다.

적풍은 우마가 이토록 긴장하는 것을 본 적이 없었다. 오대세가가 십자성을 공격할 때도, 적풍을 따라 남궁세가를 기습할 때도 우마는 이렇게 긴장하지 않았다.

그런데 적풍을 마중하러 망루를 내려온 우마의 표정은 얼음처럼 굳어 있었다.

"무슨 일이냐?"

"그게……"

우마가 말꼬리를 흐렸다.

"신곡에 외인을 들이면 안 된다는 것을 알지 않느냐?"

"어쩔 수 없었소."

"그와 겨뤘느냐?"

"그건 아니오. 솔직히 말하면 겨룰 엄두도 내지 못했소."

"대체 누구기에 그런 말을 하지?"

적풍이 이해가 가지 않는다는 표정으로 다시 물었다.

"제길, 나도 모르겠소. 자신도 형님 아우라면서……"

"내 아우?"

"예, 그런데 이상한 말을 하더라구요. 그래서 안 데려올 수가 없었어요."

"무슨 말?"

"월하선봉에서 왔다고……."

순간 적풍의 눈에 불꽃이 일었다가 사라졌다. 우마가 하는 말의 의미가 무엇인지 이내 깨달았기 때문이다.

적풍이 시선을 돌려 망루 위에서 등을 돌린 채 먼 산을 바라보고 있는 청년을 바라봤다. 그러고는 의심 어린 표정으로 그를 불렀다.

"꼬마 너냐?"

순간 망루 위의 청년이 투덜거리면서 몸을 돌렸다.

"글쎄, 꼬마 아니라니까요!"

청년이 몸을 돌리는 순간 적풍의 얼굴이 묘하게 변했다. 반가움과 경계심, 두려움과 푸근함이 함께 느껴지는 모습이다.

"누구야?"

옆에서 급변하는 적풍의 표정을 보며 설루가 나직하게 물었다.

"…소월."

"아!"

설루가 나직하게 탄식했다.

고향에서 헤어진 이후의 적풍의 삶을 모두 알고 있는 설루는 소월이라는 이름이 적풍에게 얼마나 큰 의미인지 너무도 잘 알고 있었다.

십여 년이 넘는 시간 동안 계속되던 고단한 삶을 이야기하는 중에 오직 이 이름만이 적풍을 미소 짓게 했다.

그리고 그 이름을 가진 소년이 자신에게 검을 쓴다면 아마도 그대로 자신의 목숨을 내어줄지도 모른다는 말도 했다.

궁금하면서도 불안하던 존재, 그 사람이 이렇게 갑자기 눈앞에 와 있는 것이다.

"정말 너냐?"

"그럼 누구겠어요? 많이 컸죠?"

허소월이 망루 위에서 적풍을 내려다보며 어깨를 으쓱거렸다.

"정말 많이 컸구나. 겨우 몇 년 지나지 않았는데……."

"제 나이 때는 하루가 다르죠."

"어른인 체하는 그 말버릇은 여전하구나."

적풍이 미소를 지으며 말했다. 설루는 그런 적풍을 불안한 시선으로 바라봤다. 그의 말대로 적풍은 이 아름답기까지 한 청년 앞에서 거의 무방비 상태가 되는 듯 보였기 때문이다.

"옆에 계신 아름다운 분은 누구세요?"

허소월이 설루를 보며 물었다.

"내 아내."

적풍이 대답했다.

"아니, 그 바쁜 와중에 혼인도 하셨어요?"

허소월이 놀람 반, 놀림 반인 말투로 물었다.

"말하지 않았던가? 내게 이미 정혼을 한 사람이 있었다는 걸."

"월하선봉에서요?"

"응."

"에이, 그건 처음 듣는 말인데요? 갑자기 섭섭해지네. 어쨌든 형수님이란 거죠? 으챠!"

허소월이 훌쩍 망루의 난간을 잡고 몸을 띄웠다. 그러자 그의 몸이 마치 바람에 날리는 눈송이처럼 부드럽게 땅 위에 내려섰다.

무공으로는 설명할 수 없는 움직임. 설루와 우마가 놀란 표정을 감추지 못했다. 그들의 표정은 마치 천하제일인을 만난 것 같았다. 그리고 이 아름다운 청년에게 새삼 두려움을 느꼈다.

"그는 잘 있느냐?"

놀라지 않은 것은 오직 적풍뿐이었다.

의천노공 우서한의 제자, 아니, 신비로운 월문의 차기 법황이라면 이 정도의 움직임은 당연하다고 생각하는 적풍이다.

"그라뇨, 내 스승님이신데."

허소월이 인상을 찌푸렸다.

"나완 상관없는 일이지."

"아이구, 알았어요, 알았어. 그 이야기는 나중에 하고 난 먼저 형수께 인사를 드려야겠어요. 형님, 인사 올립니다. 허소월이라고 합니다. 혹 제 이야기를 들으셨나요?"

"반가워요. 허 소협에 대한 이야기는 많이 들었어요."

"아! 그래요? 하하, 형님도 역시 내가 그리웠군요?"

허소월이 기쁜 얼굴로 적풍을 보며 물었다.

"그냥 과거 일을 이야기한 것뿐이야."

적풍이 심드렁하게 대답했다. 그러자 설루가 웃는 낯으로 말했다.

"아니에요. 이 사람은 오직 허 소협에 대해 이야기할 때만 웃었어요."

"정말요? 역시 이신전심! 나 역시 형님과 함께 있던 시간을 생각하면 괜히 기분이 좋아져요."

허소월이 어깨를 으쓱하면서 말했다. 그러자 적풍이 다시 물었다.

"그는?"

"음, 좋아요."

허소월이 잠시 뜸을 들이다가 대답했다.

"해독은?"

"이미 오래전에 끝났어요."

"그런데도 그냥 있었다고?"

"그 일은 사부께도 아픔이 큰 일이지요. 하물며 사백에 대한 일인데……."

허소월이 말꼬리를 흐렸다. 그러자 적풍이 살짝 눈살을 찌푸리더니 걱정스러운 표정으로 물었다.

"날 찾아온 것은 네 뜻이냐, 아니면 그의 뜻이냐?"

"겸사겸사."

"그가 무슨 일로 널 보냈느냐?"

"밥이나 주세요."

"응?"

"우마 형님께서는 도통 끼니 챙기는 일에 서투시더라고요. 난 아직 점심도 먹지 못했어요."

허소월이 우마를 보며 투덜댔다.

"우마 형님? 언제부터?"

적풍이 싱거운 녀석을 다 보겠다는 듯한 표정으로 되물었다.

"오면서 들으니 형님과 우마 형님이 의형제를 맺었다면서요? 그럼 뭐 나하고도 의형제나 마찬가지죠. 안 그런가요, 우마 형님?"

"아, 아니, 뭐 그럴 수도⋯⋯."

갑작스러운 질문에 우마가 당황한 표정을 지으며 대답했다. 그러자 설루가 웃음을 참으며 부드러운 목소리로 말했다.

"가요, 오늘 점심은 제가 준비하지요."

"하하하! 역시 아름다운 분이 마음도 아름다우시구나. 우리 무뚝뚝하신 형님이 어떻게 이렇게 아름다운 분을 얻으셨을까?"

허소월이 개구쟁이처럼 말했다.

"따라오세요."

설루가 소월을 석동이 있는 곳으로 안내했다. 그러자 허소월이 금세 설루를 따라붙으며 말했다.

"형님은 언제 만나셨어요?"

설루와 허소월이 앞서 걸음을 옮기자 우마가 걱정스러운 표정으로 물었다.

"형님, 정말 월하선봉에서 온 사람이 맞습니까?"

"그렇다."

"그럼… 역시……?"

"그래, 그의 제자다. 더불어 차기 월문의 법황이지."

"아, 정말이군요. 그런데 어떻게 그와……?"

우마는 적풍과 의천노공 사이에 있던 일을 아직 자세히 모르고 있었다. 적풍이 의천노공에 의해 강호에 나왔다는 것은 오직 야문의 스승 고력과 설루만이 아는 사실이었다.

"후우, 이젠 네게 말해줘야겠구나. 소월이 왔다는 것은 곧 그가 움직인다는 뜻이니까 너도 마음의 준비를 해야겠지. 가자, 가면서 이야기하자."

두 사람 모두 그를 신비한 사람이라고 생각했다.

놀랍게도 그 하나로 신곡의 분위기가 확연히 바뀐 것 같았다. 그가 만난 사람이라야 적풍과 우마, 그리고 설루가 전부였다.

설루에게 소담스러운 밥 한 끼 잘 얻어먹고 적풍과 함께 신곡 위쪽 위태로운 산 중턱의 숲으로 산보를 나간다고 떠난 허소월 때문에 느껴지는 변화였다.

"형수님, 어떻게 생각하세요?"

이미 짧게나마 적풍과 의천노공의 관계를 전해 들은 우마가 걱정스러운 표정으로 설루에게 물었다.

"글쎄요. 분명 나쁘지 않은 분위기이긴 한데… 전 왠지 걱정이 되네요."

"그렇죠? 사실 저도 그를 데려오는 내내 마음이 무거웠습니다. 그는 무척 좋은 사람 같은데도 말이죠."

"우리 모두 그를 걱정하는 것은 아닌 것 같아요."

"하아, 역시 그렇겠지요? 그가 걱정이 아니라 그를 보낸 의천노공이 걱정이겠지요. 그는 이제 형님께 뭘 요구할까요? 무림패권을 향한 천무맹의 행보를 중지하라고 할까요, 아니면 또 다른 무엇이 있을까요?"

"글쎄요. 그건 알 수 없어요. 하지만 제가 걱정하는 것은 그런 것이 아니에요."

"그럼 뭐 다른 위험이 있을까요?"

"제가 걱정하는 것은 오직 하나예요. 그가 성주의 목숨을 원하는 것! 그게 유일한 걱정이에요."

"설마 형님을요?"

"그를 만난 적은 없지만 그에 대한 나의 느낌은 냉정함이에요. 언제든, 누구든 버릴 수 있는! 사람들은 의천노공이라 말하지만……."

"노사와 상의를 해보면 어떨까요?"

"노사께요?"

우마가 노사라 부르는 사람은 야문의 스승 고력이다. 적풍은 고력을 꺼리는 마음이 있었지만 두 사람에게 고력은 세상에서 가장 믿을 만한 조언자였다.

"그분이라면 뭔가 대책을 마련하시지 않을까요?"

"글쎄요, 일단 오늘은 그냥 두어요. 두 사람이 무슨 이야기를 할지 모르니까요."

"알겠습니다."

우마가 대답하고는 적풍과 허소월이 올라 있을 산 중턱을 응시했다.

"놀라운 진이에요."

산에 올라 신곡 주변에서 일어나고 있는 아지랑이 같은 빛무리와 넘실거리는 안개를 보며 허소월이 감탄했다.

"알아볼 수 있느냐?"

적풍이 물었다.

"글쎄요. 진의 실체는 파악하기 어렵군요. 하지만 들고 나는 것은 가능할 것 같아요."

"역시 월문이군."

적풍이 감탄했다.

신곡 주변의 진은 천기자의 후손 고력이 심혈을 기울여 장시간에 걸쳐 완성한 것이다.

아마도 천하에서 이 진을 통과할 수 있는 사람을 찾기 힘들 것이다. 그런데 허소월이 고력의 진을 통과할 수 있다니, 고력이 들으면 우서한에 대한 원한이 더욱 커질 일이었다.

"법황이 되는 일이 쉬운 일은 아니죠."

허소월이 어깨를 으쓱하며 대답했다.

"수련은 끝난 거냐?"

"거의요."

"그렇구나. 이젠 정말 월문의 후계자가 되었구나. 아마도 그래서 날 찾아온 거겠지?"

적풍이 물었다.

그러자 허소월이 입을 삐죽이더니 맥 빠진 목소리로 대답했다.

"어쩔 수 없었어요. 사부님의 명이라서."

"그래, 그 노인네가 나에게 원하는 게 뭐냐?"

적풍이 빙그레 웃으며 물었다. 그러자 허소월이 망설이는 듯하더니 입을 열었다.

"월하선봉에 한번 다녀가는 것은 어때요?"

"흠, 그 말은 강호의 행보를 일단 중지하란 뜻이겠구나."

"그런 것이 아니라… 두 사람이 왔어요."

"응?"

적풍이 무슨 뜻이냐는 듯 물었다.

"월하선봉에 불청객 두 명이 방문했어요."

"그게 나와 관계가 있다는 거냐?"

적풍의 물음에 허소월이 가만히 고개를 끄떡였다.

"그들이 누군데?"

"염화마군 철륵과 모악이란 자예요. 아시죠?"

순간 적풍의 눈이 커졌다. 예상하지 못한 일이었다. 설마 그 둘이 우서한을 찾아갈 거라고는 꿈에도 생각지 못한 적풍이다.

굳이 따지자면 그들 때문에 우서한이 자신을 강호로 내보낸 것 아닌가.

"그들이 왜……?"

"사부님의 수족이 되겠다고 하더군요. 목숨을 살려주면."

"목숨을 살려달라……. 후후, 이제 보니 나 때문이었군."

"그래요. 듣자 하니 형님이 그들에게 사부님의 경고를 전하러 왔다고 하셨다면서요?"

"그랬지."

적풍이 고개를 끄떡였다.

잠깐 장난을 쳐본 것이 전혀 이상한 결과로 나타나고 있었다. 적풍이 그들에게 의천노공을 언급한 것은 그들이 의천노공의 반대편에 있는 자들이라고 생각했기 때문이다.

그런데 설마 염화마군 철륵과 모악이 스스로 의천노공을 찾아간 것이다.

"둘 모두 심각한 부상을 입었더라고요. 특히 염화마군 철륵의 경우 사부님이 아니면 회복하기 어려울 정도였지요."

"아마 그랬을 거다."

철륵이 자신에게 당한 부상이 결코 가볍지 않음을 알고 있는 적풍이다.

"살려주면 스스로 사부님의 시종으로라도 살아가겠다고 하더라고요."

"그래서 노인네가 그들을 받아들였느냐?"

"뇌옥에 가두셨어요."

"후후, 그 말은 결정을 미뤘다는 말이군."

"그렇죠."

"그래서 날 부른 것이로구나. 내가 가지 않으면 그들을 예전의 나처럼 날 상대하기 위해 내려 보내겠다는 경고와 함께 말이다."

"음, 꼭 그런 뜻은 아니지만 가능성이 아주 없는 것도 아니에요."

"너도 같은 생각이냐?"

적풍이 물었다. 그러자 허소월이 고개를 저었다.

"아뇨. 전 형님이 결코 월문과 척을 지지 않을 거라고 생각해요."

"그래서 무림 패권을 버려야 한다는 뜻이냐?"

"꼭 그런 것은 아니지만 한계는 필요하겠죠. 예를 들면… 북두회 육가를 병탄하는 것은 재고하서야죠. 그렇다고 천무맹을 해체하란 뜻은 아니에요."

"신혈족에 대한 문제는?"

"이미 자유를 찾은 것 아닌가? 검은 사자들의 시간 이전으로 돌아간다면 사부께서도 용납하실 거예요."

허소월이 별일 아니라는 듯 말했다.

그러나 사실 두 사람이 나누고 있는 대화는 강호무림에 엄청난 파급을 초래하는 것들이었다.

"소월, 천무맹을 멈추는 일은 쉬운 일이 아니다. 비록 내가 천무맹을 만들기는 했지만 그렇다고 천무맹의 행보를 내가 끝낼 수는 없어. 너도 알다시피 강호란 일단 욕망의 수레바퀴가 한 번 구르기 시작하면 한 사람의 힘으로 멈추게 할 수 없단다."

"그 방법이야 사부님과 상의하면 나오지 않을까요?"

"내가 가면 그는 다신 날 강호로 내려 보내지 않을 거다."

적풍이 걱정스러운 표정으로 말했다.

"사부님이 두려우세요?"

허소월은 적풍의 걱정을 두려움으로 받아들인 모양이다.

"두려움이라……. 그래, 두렵다. 그러나 그 두려움의 대상이 네 사부는 아니다. 승부를 논하라면 글쎄… 너는 어찌 생각할지 모르지만 난 이제 그와 싸울 수 있다고 생각한다."

"그럼 뭐가 두려우신 거예요?"

"네가 두렵다."

"예?"

"너와 싸워야 하는 일이 생길까 봐 난 그게 두렵다. 그 일은……."

적풍이 말을 다 맺지 못했다. 허소월 역시 이후로는 꽤 오랫동안 침묵을 지켰다.

"가지 않으실 생각인 거죠?"

"아무래도……."

적풍이 대답했다.

"그럼 다른 한 가지 부탁을 들어줘요."

"뭐냐?"

"그를 내주세요."

"그?"

"우다문이란 자, 그를 내주세요. 그러면 나도 사부님을 설득할게요. 강호의 일에는 관여치 말자고. 오직 월문의 업(業)에 위협이 될 때만 형님과 맞서자고요."

"우다문……."

적풍이 신음처럼 중얼거렸다. 그리고 그 순간 깨달았다. 의천노공 우서한이 진정으로 원한 것은 자신이 월하선봉으로 오는 것이 아니라 우다문을 내어주는 일이라는 걸.

그리고 허소월의 말에서 또 하나의 사실을 깨달았다. 우다문이란 자가 월문의 업(業)에 깊이 관련이 있다는 것. 그렇지 않다면 의천노공 우서한이 허소월까지 보내 그를 데려가려 하지는 않을 것이다.

강호 천하보다도 그의 입이 중요하단 뜻이기도 했다.

"그가 왜 중요하지?"

적풍이 짐작하고 있는 것을 확인하기 위해 물었다. 그러나 허소월은 그의 질문을 회피했다.

"월문의 일이라고만 알아주세요. 그 사람, 제게 주세요. 이건 꼭 들어주셔야 해요."

"후우!"

적풍이 나직하게 한숨을 내쉬었다.

우다문은 그에게도 중요했다. 그는 아버지 전마와 의천노공 우서한, 그리고 월문과 신혈족 사이에 얽혀 있는 비밀을 풀어 낼 열쇠와도 같은 존재였다.

더군다나 두 개의 신검에 관해 그에게 묻고 싶은 것이 너무나 많았다.

그러나 그렇다고 그를 내주지 않으면 그땐 결국 우서한과 맞서야 할 것이다. 우서한이 나서면 천하가 그를 따를 것이다.

그러나 사실 우서한을 상대로 싸우는 것은 나쁘지 않았다. 패하더라도, 혹은 그의 손에 죽더라도 그의 몸에 흐르는 전마적황의 피가 그 싸움을 회피하기보다는 기대하게 만들 정도였다.

문제는 우서한이 아니라 허소월이었다.

몇 년 못 본 사이 알 수 없는 신비감이 깃들었고, 여인보다 아름답다고 느껴지는 기운을 지니게 된 허소월을 도저히 적으로 돌릴 수는 없을 것 같았다.

"한번… 싸워볼까? 네 사부와?"

적풍이 잠꼬대처럼 중얼거렸다.

"네?"

허소월이 화들짝 놀라 되물었다. 그러자 적풍이 호탕한 웃음을 터뜨리며 말했다.

"하하하, 아니다. 네가 내어달라면 내어줘야지! 뭐가 아까우랴!"

그러나 운명의 수레는 두 사람이 전혀 예상치 못한 방향으로 굴러갔다.

적풍과 허소월이 얼마간의 시간을 더 보내고 하산을 시작했을 때다. 그들이 미처 산을 다 내려오기도 전에 우마가 사색이 되어 산길을 치달아 올라왔다.

"왜?"

적풍이 물었을 때 우마의 입에서 적풍과 허소월을 나락으로 떨어뜨리는 말이 흘러나왔다.

"노야가… 야문의 스승이 사라졌습니다."

"그가?"

"예."

"뭐 어디 다녀올 데가 있나 보지. 그게 뭔 큰일이라고 그렇게 당황했어?"

"그, 그게… 그가 그를 데리고 사라졌습니다."

"그?"

"우다문 말입니다."

『십자성─전왕의 검』 8권에 계속…

초대형 24시 만화방

신간 100%, 샤워실, 흡연실, 수면실(침대석), 커플석, 세탁기 완비

■ 강북 노원역점 ■

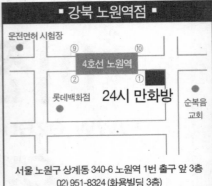

서울 노원구 상계동 340-6 노원역 1번 출구 앞 3층
02) 951-8324 (화용빌딩 3층)

■ 일산 정발산역점 ■

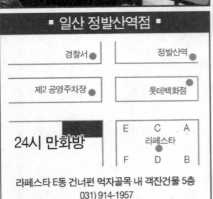

라페스타 E동 건너편 먹자골목 내 객잔건물 5층
031) 914-1957

■ 일산 화정역점 ■

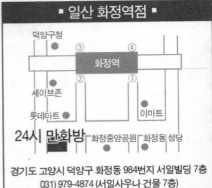

경기도 고양시 덕양구 화정동 984번지 서일빌딩 7층
031) 979-4874 (서일사우나 건물 7층)

■ 부천 역곡역점 ■

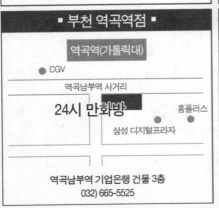

역곡남부역 기업은행 건물 3층
032) 665-5525

■ 부평역점 ■

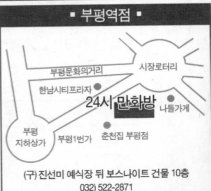

(구) 진선미 예식장 뒤 보스나이트 건물 10층
032) 522-2871

내일을 향해 쏴라

김형석 장편 소설

FUSION FANTASTIC STORY

1만 시간의 법칙!
'성공은 1만 시간의 노력이 만든다' 는 뜻이다.

그러나…
사회복지학과 복학생 수.
전공 실습으로 나간 호스피스 병동에서
미지와 조우하다.

1만 시간의 법칙?
아니, 1분의 법칙!

전무후무한 능력이 수에게 강림하다!
맨주먹 하나로 시작한 수의
인생역전이 시작된다!

Book Publishing CHUNGEORAM

유행이 아닌 자유추구-
WWW.chungeoram.com

FUSION FANTASTIC STORY

임영기 장편 소설

바람의 마스터

Wind Master

중국집 배달원으로 평범한 삶을 살던 한태수.
음식 배달 중 마라톤 행렬에 휩쓸려
하프마라톤을 뛰게 되는데……
늦깎이로 시작한 육상에서 발견한 놀라운 재능!

과거는 모두 서론에 불과할 뿐,
이제부터가 본론이다.
두 눈 똑똑히 뜨고 잘 봐라.
내가 어떻게 세계를 제패하는지……

남은 것은 승리와 영광뿐!

Book Publishing CHUNGEORAM

유행이 아닌 자유추구 –
WWW.chungeoram.com

MAJOR LEAGUER

메이저리거

FUSION FANTASTIC STORY

강성곤 장편 소설

꿈꾸는 자에게 불가능은 없다!

『메이저리거』

불의의 사고로 접어야만 했던 야구 선수의 꿈.
모든 걸 포기한 채 평범한 삶을 살던
민우에게 일어난 기적!

"갑자기 이게 무슨 일이지?"

그의 눈앞에 나타난 의미 모를 기호와 수치들.
그리고 눈에 띈 한 단어.
'타자(Batter)'

**특별한 능력을 얻게 된 민우의
메이저리그 진출기가 시작된다!**

Book Publishing CHUNGEORAM

유행이 아닌 자유추구-
WWW.chungeoram.com